KB150922

어쩌면 동심이 당신을 구원할지도

어쩌면 동심이
당신을
구원할지도

임정희 지음

지난 20여 년간 세 아이의 천진함을 엿볼 수 있었던 나는 운이 좋은 어른이었다. 그래서 성취나 명예를 좇는 어른의 행렬에서 빠져나와 나만의 시선과 속도를 유지할 수 있었다. 어른살이에 지쳐 넘어지면 털고 일어나 가던 길을 걷는 씩씩함도, 소박한 소유에 자족하며 꿈꾸는 나날을 포기하지 않는 힘도 아이들이 선사한 긍정 덕분이었다. 그리고 마침내 내 안의 오래된 동심에도 마음을 기울이게 되었다. 나도 아이였음을 환기했을 때 우리는 천진한 친구가 되었다.

특별한 일 없는 하루가 꿈만 같은 날이 되기도 하고, 놀이터에 놓인 작은 돌멩이 하나가 자랑스럽기도 했다. 비가 오면 지나가는 개에게 우산을 씌워 줄 수 있는 연민도, 새의 지저귐이 우리를 향한 인사일 수도 있다는 다정함과 숲속 호수에 정말로 용이 살 수도 있다는 상상도 함께 누렸다. 빛나는 호기심과 애정으로 세상과 교감할 수 있었다. 상상의 세계에 초대받을 수 있었다. 하여, 깊이 감동하기도 웃기도 했다.

박완서 작가의 〈옥상의 민들레꽃〉이라는 단편 동화

가 있다. 아파트에서 일어난 두 번의 자살 사건 때문에 입주민들은 긴급 대책 회의를 열고 베란다에 쇠창살을 설치하기로 한다. 아이는 쇠창살이 아니라 민들레 한 송이로 자살을 예방할 수 있다고 말하려 애쓰지만 아무도 들으려 하지 않는다.

　아이도 죽고 싶은 적이 있었다. 삼 형제 중 막내인 아이는 어버이날, 누나가 남긴 색종이로 정성 들여 만든 꽃이 쓰레기통에 버려진 후 엄마의 전화 통화를 엿들었다. 아이를 하나둘만 낳는 세상에 셋째라니! 아이만 없었다면 얼마나 홀가분하고 남부러울 것 없었겠냐, 창피하다는 내용이었다. 소중한 엄마가 자신을 필요로 하지 않는다는 걸 알게 된 아이는 죽을 결심을 하고 옥상으로 간다. 밤이 찾아오고 달빛 아래 한 송이 민들레꽃을 본 것은 우연이었다. 시멘트 사이 옹졸한 흙바닥에 간신히 뿌리내린 노란 민들레를 보면서 아이는 죽으려던 마음이 부끄러워지고 큰 잘못이었다는 걸 깨닫는다. 동화는 이렇게 끝난다.

　"그러나 어른들은 끝내 나에게 그 말을 할 기회를 안 주었습니다."

아이의 세상에 귀 기울이는 어른은 얼마나 될까. 가을을 맞이한 한 그루 나무에 봄이 새겨져 있듯 우리도 아이를 지나 어른이 되었다. 어릴 적 꿈은 무엇이었고 벅차고 가슴 따스했던 날은 언제였는지, 품었던 뜻은 무엇이었고 어떤 어른이 되고 싶었는지….

이 책은 지난 20년간 내가 만난 세 아이의 동심에 관한 이야기다. 더 늦기 전에 아이들이 자연과 더불어 자랐으면 해서 서울 부암동을 떠나 내 고향 안동으로 내려갔고, 담장 낮은 이웃과 산과 강이 가까운 소박한 도시에서 꿈과 추억을 쌓았다. 지금은 다시 서울로 돌아와 세 아이만의 찬란하고 호기심 가득한 세상을 만들고 있다.

또한 이 책은 세 아이와 시간을 함께하며 그 빛에 동화돼 구원받은 한 어른의 이야기이기도 하다. 권하건대, 더 늦기 전에 어른의 옷을 벗고 가만히 귀 기울여 보시기를. 그 시절의 온도와 체취를 더듬을 수 있다면 내가 그랬듯 동심의 감각이 당신을 구원할지도 모를 일이니.

목차

프롤로그 가만히 귀 기울이면   4

이야기 하나.
공부는 안 해도 꿈은 꿉니다

어린이집 중퇴	14
전쟁의 정점	17
하마터면 군만두	20
어린 예술가의 열정	24
신의 대발견	27
한글 모르는 아이	30
7년째 꿈만 꾸는 중	33
어떤 위로	35
아버지의 정체	37
아이의 우주	39
겨울과 함께 춤을	41
바람씨에게 고함	43

어른의 지우개   44

새해 소원에 대한 조언   46

충격적인 한마디   48

텔레파시   51

꿈같은 하루   54

공주 탄생   56

뜻밖의 누명   59

느닷없는 반격   61

그까짓 받아쓰기   64

마침내 백 점   66

이야기 둘.
오늘 밤은 상상 속에서 마음껏 놀았다

형제의 꿈   70

공부하는 이유   73

건담과 레고의 학습 효과   76

놀라운 직업   79

선문선답   82

명백한 증거   84

잘돼 가는 방학 숙제   87

리코더 못 부는 아이   90

급식 표의 존재 이유   94

봄날의 물음 하나   97

가을방학   100

무릎 꿰맨 레깅스   103

이심전심   107

깜빡한 동생   109

이상한 공연   113

그 가을 불타는 의리   117

열혈 사춘기   123

세상의 종말   126

도토리 키 재기   130

어떤 개고생   134

성장의 시간   138

나비의 용기   144

동심의 초대   149

이야기 셋.
어른의 옷을 벗으면 우린 모두 아이가 된다

아이를 보고 자라는 어른   156

비밀의 끝장   160

마법의 묘약   164

분노의 방식   170

철든 아이, 철없는 어른   175

태풍 속 한마디   178

그런 날   182

긴긴 귀갓길   187

아이의 조언   191

버려진 카드   195

유전자의 오버랩   200

방목의 기원   204

기록의 치유   211

위로하는 독서   217

삼 남매의 에펠탑   222

스무 살 초보 어른에게   229

새로운 희망 앞에서   233

우린 모두 아이   239

에필로그 어른의 눈을 감으면   244

이야기 하나.

공부는 안 해도 꿈은 꿉니다

어린이집 중퇴

고심 끝에 두 아들을 어린이집에 보냈다. 아침에 가서 점심을 먹고 하원하기까지 내겐 황금 같은 여유 시간이 생겼다. 두 달쯤 되던 날, 두 아들은 평소처럼 어린이집 갈 준비를 마치고 가방을 메고 현관에서 신발을 찾아 신는가 싶더니 돌연 큰아들이 신발을 내던지고 되돌아서며 외쳤다.

"나 어린이집 끊을래!"

가방도 내던지다시피 홱 벗어젖혔다. 뭔가 단단히 할 이야기가 있다는 듯 양반다리를 하고 앉기까지 했다. 형을 따라 나서던 작은아들도 도로 들어왔다. 얼떨결에 거실 한가운데 두 아들과 마주 앉았다. 큰아들이 다시 한번 쐐기를 박았다.

"나 어린이집 안 가!"

작은아들은 형 말이 끝나기 무섭게 저도 그렇다는 듯 고개를 주억거렸다.

"응, 나도!"

왜냐고 조용히 물었다. 일단 들어주고 오늘 하루 정도는 결석시킨 다음 잘 구슬려서 내일 다시 보내면 되겠거니 나대로는 대책을 세우는 중이었다. 평소 말이 거의 없는 큰아들이 또박또박 말을 이었다.

"엄마, 잘 들어 봐! 나는 로봇을 시리즈로 세 개 그리려고 했어. 근데 하나밖에 안 그렸는데 미술 시간 끝났다고 그만 그리라 하지. 또 소방서에 갔잖아? 나는 호스도 만져 보고 차도 타 보고 물도 쏘고 싶은데, 선생님이 가자마자 갑자기 모자 씌우더니 사진만 찍고는 다시 가자고 해서 끝나 버렸어."

"맞아, 형 말이 다 맞아!"

두 아들은 사태가 이러하니 엄마인 당신의 결정만 남았다는 식으로 절실하게 쳐다보았다. 내내 집에서 그림 그리고 만들기 하다가 지루하면 마당이나 골목에서 뛰놀던 두 아들에게 어린이집의 규칙적이고 일률적인 단체 생활은 재미없고 답답했을 법도 했다. 내 몸과 마음의 휴식도 간절했지만, 어린 두 아들이 호기심을 제대로 펼치지 못하는 걸 원하진 않았다.

"그래, 그럼 어린이집을 끊자!"

말이 끝나자마자 두 아들은 베란다로 달려 나갔다. 옷을 훌훌 벗어 던지더니 테이블 앞에 앉아 그림을 그리기 시작했다. 그러고는 둘이 킬킬거렸다.

그날 이후, 간식과 도시락을 싸서 아이들을 데리고 온 동네를 누비고 다녔다. 학교 놀이터나 공원같이 땅에서 뛰어놀 공간을 찾아다녔다. 더럽게 놀든, 험하게 놀든 내버려 두었다. 어린이집에서 놓여난 두 아들은 바다를 여행하는 물고기처럼 세상을 다 만지고 경험하겠다는 듯 신나게 놀았다. 아이들이 죄다 어린이집이나 유치원으로 사라지는 한낮에 매일 동네를 누비는 형제를 보고 급기야 어떤 아줌마가 물었단다.

"너희, 부모님이 없니?"

전쟁의 정점

형제의 신경전은 팽팽했다.

"왜 미안하단 말도 안 하냐?"

"미안하다 말했잖아 아까."

"진심으로 해야지, 그렇게 건성으로 해 놓고! 내 장난감은 망가졌는데, 딸랑 그 한마디만 하면 끝이냐? 고쳐 내!"

"모르고 그랬는데 심한 거 아냐?"

"모르고 그랬다면 다야? 내 장난감은 다 망가졌는데."

"그럼 어쩌라고. 모르고 그랬고 미안하단 말도 했고."

"그럼 나는! 내 장난감은 어떡하라고!"

큰아들이 무심결에 작은아들의 귀한 장난감을 망가뜨린 거였다. 연년생 두 아들이 다툴 때면 엄마랍시고 끼어들어 최대한 교통정리를 해 보려 애썼다. 처음엔 시시비비를 가리려던 일이 결국 꾸중으로 이어졌고, 평소 지적하고 싶었던 점에 대한 인신공격까지 감정적으로 늘어놓았다. 나름대로는 한고비 넘겼나 싶어 돌아서면 설상가상으로 형제는 각자 입장에서 불만이 쌓여 있었다. 큰아들은 '엄만 잘 모르면서 그런다', 작은아들은 '언제나 형 편만 든다'는 식이었다. 나의 개입으로 형제의 싸움은 결국 삼파전이 되는 일이 반복됐다.

그날은 안 되겠다 싶어 신경전 벌이는 형제를 조용히 불러 앉혔다.

"너희 둘 다 말할 줄 알지?"

형제는 가만히 고개를 끄덕였다.

"싸우게 된 이유도 너희 둘이 더 잘 알지?"

형제는 서로를 한번 바라보고는 고개를 끄덕였다.

"너희 스스로 생각하고 판단도 할 줄 알지?"

"응!"

동시에 대답했다.

"그러니까 앞으로 너희 싸움은 너희 둘이 해결해!"

나의 최종 선언에 형제는 서로를 잠시 마주 보더니 다시 내 쪽을 보고 말없이 눈을 깜박였다.

며칠 뒤, 형제의 전쟁이 다시 시작되었다. 무슨 일인진 모르겠으나 대화로는 결단이 나지 않았는지 서로 얼굴을 맞잡고 침대에서 떨어져 나뒹굴고 있었다. 육탄전이었다. 머리는 헝클어졌고, 다리는 뒤엉켰다. 방 안에 놓여 있던 장난감이며 의자가 거친 소리를 내며 마구 쓰러졌다. 시뻘게진 얼굴로 욕을 하면서 식식거리기도 했다. 그러더니 이번엔 서로의 목을 그러쥐었다. 들판에서 한판 붙은 야생동물처럼 필사적이었다. 몸이 약하고 마른 작은아들의 목에 생채기가 났다.

문틈으로 지켜보던 내 가슴이 마구 뛰었다. 형제는 검붉은 얼굴로 씩씩대며 서로를 노려보았다. 평소 어린 두 아들에게서 한번도 볼 수 없었던, 싸워 이기겠다는 동물적인 야수성이 극에 달한 듯한 눈빛이었다.

더 이상 지켜보지 못할 지경이었다. 말려야 한다고 판단했다.

그 순간, 갑자기 큰아들이 작은아들을 와락 껴안았다. 기다렸단 듯이 작은아들도 형의 품에 더럭 안겼다. 서로를 격렬히 그러안은 둘은 동시에 울음을 터뜨렸다. 울음이라기보다 짐승의 포효 같았다. 본능으로 치열했던 전쟁 끝에 다다른 둘만의 화해의 정점이었다. 다듬어지지 않은 어린 야수성을 교감한 동지애를 느낀 순간이었다. 거기에 누가 감히 개입할 수 있으랴. 나는 조용히 집을 나와 산책을 했다.

하마터면 군만두

두 아들을 데리고 온 가족이 한강으로 소풍을 갔다. 넓은 들판에서 두 아들은 망아지처럼 뛰어다니며 잘도 놀았다. 엄마를 찾지 않으니 손 갈 게 없어 나는 돗자리에 앉아 커피를 홀짝이며 오랜만에 한가한 여유를 즐겼다.

놀다 보니 해가 지기 시작했다. 집으로 오려는데 큰아들이 보이지 않았다. 노상 붙어 다니던 작은아들도 모른다고 했다. 남편과 나, 작은아들이 흩어져 큰아들을 찾아 헤맸다. 그렇지만 큰아들은 보이지 않았다. 사람들도 그런 아이는 본 적이 없다고 했다. 야속하게도 날은 점점 어둑어둑해졌고 곧 찾을 수 있겠거니 했던 희망이 점점 사라져 갔다. 웬만해선 당황하지 않는 남편도 얼굴이 굳었다. 잘 논다고 방심했던 게 후회스럽다 못해 그만 울컥해졌다. 그때 남편의 목소리가 들려왔다.

"저기 있어! 찾았어!"

기적이란 바로 이런 거로구나 싶었다. 나도 작은아들도 허겁지겁 그곳으로 달려갔다. 큰아들을 찾은 곳은 한강 변 인적이 많은 곳에서 좀 떨어진 외진 곳이었다. 영문을 모른 채 태연히 우릴 쳐다보는 큰아들의 입가에는 짜장면 국물이 묻어 있었다. 옆에는 물가에 낚싯대를 드리운 낯선 아저씨가 짜장면을 먹고 있었다. 큰아들은 소맷자락으로 짜장면 국물을 닦으며 새삼스레 물었다.

"엄마, 나 찾았어?"

자초지종은 이랬다. 낚시를 하던 아저씨는 배가 고파 짜장면 곱빼기와 군만두를 배달시켰다. 배달원이 언덕을 내려와 아저씨에게 향하는데, 큰아들이 달려왔다. 넉살 좋은 큰아들은 자기도 배고프니 짜장면을 좀 달라고 했고, 아저씨는 아이가 배가 고파 그런가 보다 싶어 같이 먹었다. 한창 먹으며 이런저런 이야기를 하느라 부모가 애타게 찾는 줄 미처 몰랐다는 것이다.

그럼 그렇지! 먹성 좋기로 대한민국에서 둘째가라면 서러운 녀석이니 한강 변을 달리는 짜장면 배달 오토바이를 귀신같이 알아보고 따라갔겠지. 그러곤 넉살을 발휘해 낚시하는 아저씨한테 들러붙었겠지. 나눠 먹으려던 아저씨가 나중에는 후회했을걸? 큰아들은 나눠 먹는 게 아니라 빼앗아 먹는 수준이라는 걸 뒤늦게 깨달았을 테니까. 그러는 동안 큰아들은 해가 지든 말든, 가족이 찾든 말든 안중에도 없이 종알종알 떠들며 먹었겠지.

부모 명줄을 태연하게 늘렸다 줄였다 하는 줄은 진

작 알았지만, 장차 이놈이 뭐가 되려고 엄마, 아버지와 동생이 사색이 되어 찾아다녔건만 눈치라곤 전혀 없다. 할 말을 잃고 애탄 가슴 쓸어내리는 내 심정을 읽은 작은아들이 대변인처럼 핏대를 올렸다.

"형! 형은 그걸 말이라고 해? 엄마하고 아버지하고 내가 얼마나 형 이름을 부르면서 찾아다녔는지 알아? 혹시라도 죽었는 줄 알고 조금만 더 늦었으면 경찰에 신고하려고 했단 말이야!"

한바탕 벌어진 소동을 수습하고 집을 향해 차를 출발시키려는 찰나, 큰아들이 뒷문을 열었다.

"아부지! 잠깐마안!"

그러고는 왜냐고 물어볼 틈도 없이 낚시 아저씨가 있던 곳으로 내달렸다. 잠시 뒤, 헉헉대며 다시 차로 돌아온 큰아들의 양손에는 기름진 군만두가 하나씩 들려 있었다. 그러곤 차에 타자마자 군만두 하나를 작은아들에게 건넸다.

"동생아, 먹어라!"

그 어조와 자태는 전투에서 승리한 장군의 품새였다. 형 찾으러 돌아다니느라 허기가 졌던 작은아들은 냅

다 받아서 한입에 넣었다. 짐작은 가지만 직접 듣고 싶어 군만두의 출처를 물었다. 남은 만두를 입안에 넣고 우물거리며 큰아들이 대답했다.

"으음, 아까 아저씨가 배부르다고 군만두 남긴 게 생각나서 얻어 왔지. 안 먹으면 동생 주게 나 달라고."

그러곤 군만두를 다 삼키고 나서야 깊은 안도의 한숨을 토해 냈다.

"휴유! 하마터면 군만두, 깜빡할 뻔했네!"

어린 예술가의 열정

두 아들은 집에서 그림을 자주 그렸다. 벽이나 바닥, 싱크대, 가구와 이불에도 그림을 그렸다. 어린 시절 놀이의 정수가 바로 낙서 아니겠는가. 그거라도 맘대로 못하면 터져 나오는 에너지를 달리 발산할 대안도 없어 내버려 두었다. 색종이, 파지, 연습장, 포장지, 택배 박스, 스케치북, 내 일기장에까지 낙서를 해 댔다. 집 안 모든 게 스케치북이었다. 새로운 재질이나 색깔의 종이와 크레파스나 사인펜 등을 던져 주면 새 장난감을 선사받은 듯 반기며 즐겼다.

그날도 여러 색지가 든 스케치북이 있길래 사 왔다. 한 장 한 장 넘길 때마다 새로운 색깔이 나타나니 두 아들도 신나 했다. 밤 10시가 다 된 시각이었지만 아이들은 바로 그림을 그리기 시작했다. 검은 색지를 선택한 작은아들은 하얀 색연필로 눈이 오는 풍경을 그렸다. 하얀 눈이 펑펑 내리고 하얀 눈사람이 빨간 모자와 장갑을 끼고 있는 그림이었다.

"우와아, 진짜 눈 오는 밤 같다. 멋진데!"

이모가 감탄하며 칭찬했다. 큰아들도 그림 그리기를 멈추고 후다닥 달려왔다. 동생의 놀라운 작품 앞에

서서 가만히 들여다보더니 호기롭게 외쳤다.

"나도 까만 종이 줘!"

하지만 검은 색지는 한 장뿐이었다는 대답에 큰아들은 울상이 됐다. 내일 사 주겠노라 달랬다. 예술은 때론 즉흥적인 열정의 산물일진대, 내일로 미룬다는 건 어린 예술가에게 잔인한 일이었을 테다. 서운해하던 큰아들은 포기한 듯 돌아섰다. 그러곤 조용했다.

일찌감치 포기하고 그리던 그림을 마저 그리거나 잠을 자나 보다 하고 아이들 방을 훔쳐봤다. 작은아들은 보이지 않고 큰아들이 방바닥에 엎드려 씩씩거리고 있었다. 절을 하듯 고개를 숙여 코를 박은 큰아들에게 발소리를 죽이고 가만히 다가가 내려다봤다. 큰아들은 하얀 스케치북을 펼쳐 놓고 까만색 크레파스로 열심히, 그리고 또 열심히 색칠하고 있었다.

나는 조용히 돌아서 모르는 척했다. 그날 밤, 큰아들이 끝내 시커메진 손으로 검은색 화폭을 직접 완성할 때까지. 재료를 찾다 없으면 포기하거나 미루는 게 아니라 당장, 직접 만드는 자세야말로 예술가의 자질이라며, 작품에 필요한 소재에 대해 자급자족의 영역이 넓을

수록 진정한 예술가라며, 겨자씨만 한 거장의 씨앗을 본 듯 벅찬 심정으로 말이다.

신의 대발견

"엄마! 신은 있어!"

학교에서 돌아온 큰아들은 흥분해 있었다. 초등학교 1학년짜리 사내아이가 신의 존재를 운운할 일이 대체 뭘까?

하굣길에 큰아들은 뽑기를 하고 싶었다. 가진 돈이라곤 450원뿐이었는데, 뽑기는 500원이었다. 단돈 50원이 모자랐지만 방법이 없었다. 발길을 돌려야 했다. 문방구 앞 뽑기 기계를 지나는데 미련이 계속해서 발걸음을 멈추게 했다.

마침 계단 많은 육교 위 한가운데였다. 큰아들은 주말에 할머니를 따라 간 성당에서 미사 중에 기도했던 걸 떠올렸다. 하느님은 세상일을 다 굽어보시고 기도를 하면 이뤄 주신다는 할머니의 철학도 되새겼다. 하여, 성당도 아닌 육교 한가운데 서서 두 손 모아 하늘을 올려다보며 기도했다.

"하느님, 제게 50원을 주세요!"

기도를 마쳤으니 이제는 신의 기적을 기다릴 차례였다. 큰아들은 육교를 오갔지만 결국 아무런 기적도 일어나지 않았다.

큰아들은 현실을 받아들였다. 기도를 한다고 땅바닥에 돈 50원이 떠억 나타날 리는 없다고. 하느님이 은행 현금인출기도 아니고 마술사도 아닌데, 난데없이 돈이 생길 리 만무하다는 걸 받아들였다. 신은 없다고, 신의 이름을 부르며 기다리느라 시간을 낭비한 자신이 웃기기까지 했다.

큰아들은 믿지도 않는 신을 괜히 불러 기도해 놓고 평가절하하고 원망했다.

"그럼 그렇지."

체념하며 발길을 돌리는 순간, 몇 번을 왔다 갔다 해도 눈에 띄지 않던 육교 시멘트 바닥에서 동전 하나가 반짝였다. 눈부시도록 아름다운 신의 기적이었다.

오, 그것은 100원짜리 동전이었다! 10원도 아니고, 50원도 아니고, 무려 100원짜리였다!

큰아들은 돌연 자기도 모르게 하늘을 향해 외쳤다.

"하느님, 감사합니다!"

부정에 대한 용서와 응답에 감사 인사를 드림과 동시에 문방구로 내달렸다. 신의 은총과 강복에 힘입어 달리는 모양새가 가히 쏜살같았다. 뽑기 기계 앞에 당당하게

앉아 마침내 500원짜리 뽑기를 해냈다. 그러니 어찌 신의
존재를 온 세상에 천명하지 않을 수 있겠는가!

한글 모르는 아이

받아쓰기를 시작하자마자 만천하에 드러난 큰아들의 한글 실력은 놀라움 그 자체였다. 우리말이니 당연히 익히고 쓰겠거니 했고, 학교 가기 전 내가 짧게나마 가르쳤으니 그 정도로 모를 줄은 몰랐다.

생애 처음으로 한 받아쓰기에서 받은 점수는 30점이었다. '나, 너, 우리'를 빼고는 쓰지 못했다. 받아쓰기 점수는 쉽게 오르지 않았다. 오히려 점점 더 낮아졌다. 진도가 나갈수록 문제가 어려워졌으니 당연한 일이었다. 어느 때인가는 '호박엿이 끈적끈적'을 '호방년이 끈전끈전'으로 써서 같은 반 친구들은 물론 같이 놀던 사촌 누나들까지 배꼽을 잡게 했다.

한글 모르는 큰아들에게 또 하나의 장벽은 알림장 쓰기였다. 칠판에 적힌 알림장 내용을 보고 따라 쓰느라 반 아이들이 청소를 다 하고 집에 가도록 큰아들은 자리에 남아 있었다. 얼굴이 시뻘게지도록 애를 썼는데, 글자를 적는다기보다 그리는 형국이었다. 담임선생님은 그런 큰아들을 보다 못해 학부모 상담을 거행했다.

선생님은 큰아들이 한글을 몰라 힘들어할 뿐 아니라 학교에 적응하지 못하는 것 같으니 가정에서 학습을 적극 도와주는 건 물론이고, 반 파티를 열어 주라고 했다. 그래야 친구도 생기고 적응을 잘할 거라는 게 요지였다. 가정학습은 그렇다 치고, 아이가 한글을 몰라 학교생활을 버거워하는 것과 반 파티가 무슨 연관이 있는지 의문이었다.

귀한 첫 손주가 한글을 몰라 혼자 교실에 남는단 사실에 충격받은 시어머니는 가정교사를 대령했지만, 큰아들은 도무지 관심을 보이지 않았다. 오죽하면 가르치던 가정교사가 속이 터져 못 가르치겠다고 줄행랑을 쳤을까. 방목의 폐단이자, 자유분방하게 키운 대가였다.

학교 가서 상담한 이야기는 큰아들에게 하지 않았다. 어쩌면 대안 학교에 보내거나 홈스쿨링을 해야 할지도 모른단 각오를 했다. 며칠 뒤에 큰아들에게 말했다. 아들, 인생을 살아가는 데는 여러 가지 방법이 있다, 남들 다 한다고 해도 내게 맞지 않으면 어쩔 수 없다, 그러니 학교 다니기 힘들면 얘기해라, 언제든 너를 도와주겠노라고. 한글 몰라서 힘드냐고 노골적으로 말하지 않은 건, 아들의 생각을 먼저 듣고 싶었기 때문이다.

뜻밖에 큰아들은 펄쩍 뛰었다.

"엄마, 무슨 소리야! 하루하루 배우는 게 얼마나 재미있는데! 그리고 내가 열심히 배워야 동생도 가르쳐 주지!"

형으로서 충만한 의기와 아름다운 마음씨는 칭찬할 만했다. 하나 이미 구구단과 한글을 스스로 깨친 작은 아들의 대답은 냉정했다.

"형이나 잘해. 엄마 속 썩이지 말고!"

"재원이는 창밖을 자주 봅니다."

2학년 큰아들의 담임선생님은 이 한 문장으로 운을 뗐다.

"수학 수업을 할 때 한창 설명하다가 재원이를 보면 턱을 괴고 창밖을 보고 있어요. 그럴 때마다 생각하죠. 재원아, 너는 또 꿈을 꾸고 있구나…."

선생님이야말로 꿈을 꾸듯 말을 이었다. 공부 못하고 수업 시간에 딴청 부려 마음에 안 드는 학생이 아니라, 집에서 공부를 시키든지 학원을 보내든지가 아니라, 꿈을 꾸는 아이라니!

초등학교 1학년 때 자기 반에 한글을 잘 모르는 아이가 있다는 걸 버거워했던 선생님과 상반된 반응이었다. 큰아들은 선생님을 우러르고, 동무들이 참 좋고 학교가 재미나다며 잘도 다녔다. 그런 큰아들이 2학년 됐다고 갑자기 우등생이 될 리 없는 만큼 선생님의 당부는 더욱 신선했다. 큰아들은 꿈을 꾸는 아이라고, 내버려두라고. 이런 아이는 스스로 동기가 생기면 무슨 일이든 훌륭히 잘할 거라고. 공부해라 잔소리하지 말고 그냥 지켜보라고.

선생님과 헤어져 긴 복도를 걷는 동안, 공부 못하고 안 하는 녀석에 대해 지적하면 대충 듣고 와야겠다 생각했던 내 조야한 마음의 지평이 넓어지는 기분이었다.

그로부터 세월이 흘러 중학생이 된 큰아들에게 웬만하면 공부 좀 해라, 다른 아이들처럼 미래도 좀 고민해 봐라, 한마디 하고 싶을 때마다 선생님의 고견이 떠올라 입을 다물었다. 그리고 때늦은 대답을 마음속으로 해 본다.

"선생님, 말씀대로 큰아들은 꿈꾸는 아이가 맞습니다! 초등학교 2학년 이후로도 7년째 꿈을 꾸고 있고 그때보다 더 많이, 더 깊이 꿈을 꾸고 있습니다. 같은 학교 다니는 동생에게 듣자 하니 수업 시간에 공부를 안 하는 정도가 아니라 정말 꿈을 꾸는(잠을 자는) 거더라고요. 하지만 선생님, 그래도 조언대로 기다려야겠지요? 잔소리하지 말아야겠지요? 언젠간 꼭 크게 될 아이니까요. 스스로 동기를 찾으면 누구보다도 잘할 아이니까요. 그렇죠?"

선생님이 믿었듯, 나도 큰아들의 미래를 믿으며 기다리게 된다. 믿음은 이렇게 길고 긴 희망을 낳는 법이다.

어떤 위로

여름방학이었다. 작은아들은 며칠을 공들여 과학 상상화 그리기 대회에 도전했다. 그림깨나 그런다고 생각했고, 상금까지 거하게 걸린 대회라 욕심도 났나 보다. 그림을 마무리하고 아버지와 함께 우체국으로 달려가 접수를 해 놓고는 조마조마해했다. 그렇다고 "기다려 봐", "좋은 소식이 올 거야" 같은 뻔한 격려는 하지 않았다. 도전도 초조함도 기다림도 결과에 대한 실망이나 감격도 모두 스스로의 것일 테다.

"아, 내가 최우수상 탔으면 좋겠다."

그날 밤, 작은아들은 우편 접수증을 들여다보며 책상 앞에서 웅얼거렸다.

"뭐가 걱정이냐?"

숙제를 하고 있던 큰아들이 두 눈을 동그랗게 떴다. 형이 던진 무심한 한마디에 작은아들이 답답하다는 듯이 대꾸했다.

"형, 왜 걱정이 안 돼. 내가 상을 탈지 어떨지도 모르고, 최우수상은 아무나 타는 게 아니잖아. 게다가 전국 대회고, 얼마나 많은 애들이 응모를 했겠어. 그런데 난 상을 타고 싶단 말이야."

그러자 큰아들이 더욱 여유를 부리며 방법이 있다는 듯 차분하게 대답했다.

"그럼 말이야. 간단하지!"

작은아들은 이어질 형의 간단한 해답을 기다리며 침을 꼴깍 삼켰다.

"수상자를 발표할 때까지 기쁜 생각을 하는 거야!"

"뭐?"

"그때까지만이라도 네가 최우수상이라고 생각하는 거야!"

큰아들은 더욱 커다래진 두 눈을 반짝였다. 정말 좋은 방법이 아니냐고, 이보다 더 좋을 수 있겠냐는 듯이.

아버지의 정체

"너희 아버지 직업이 뭐야?"

작은아들과 친한 쌍둥이 형제가 물었다. 쌍둥이 형제는 남편을 본 적이 있었다. 당시 인구 13만의 작은 도시 안동에서는 쉽게 볼 수 없는 긴 머리에 외제차를 몰고, 티셔츠에 청바지를 입은 친구 아버지는 대체 어떤 직업에 종사하는지 궁금했나 보다.

작은아들은 일목요연하게 대답했다.

1. 미국에서 영어로 일하고

2. 돈을 많이 벌고(실제론 사업한다고 돈을 많이 쓰던 때)

3. 직업은 밝힐 수 없다!

쌍둥이 형제는 말없이 눈을 깜박이며 서로 마주 보더니 더 이상 묻지 않았다. 작은아들도 그만하면 아버지에 대한 정보를 제법 알려 줬다 싶어 잊어버렸다.

며칠 뒤 학교 운동장에서 축구를 할 때였다. 작은아들은 자신에게 공이 오지 않을뿐더러 한번 차 볼 기회조차 없자 속이 상했다. 거기에 반 아이들이 진지하게 축구에 임하는 게 아니라 시시덕 장난까지 걸자 화도 났다. 전의를 상실한 작은아들을 보고 쌍둥이 형제 중 3분 먼저 태어났다는 형이 갑자기 득달같이 달려와 으름장을 냈다.

"야, 너희들! 재익이한테 까불지 마라!"

반 아이들은 쌍둥이들이 왜 저러나 일제히 주목했다.

"재익이네 아부지 미국 마피아란 말이야!"

당시 남편은 사업차 외국을 자주 왔다 갔다 했다. 마약 밀수범이나 테러범을 연상시키는 남다른 외모 덕에 공항 검색대에서 붙잡혀 수색을 당하기 일쑤였다. 기름진 긴 머리, 짙은 눈썹에 반항하듯 강한 눈빛, 빈티지한 티셔츠와 찢어진 청바지, 짙은 선글라스까지 전반적으로 국적을 불문하고 범죄자나 범법자를 연상시켰다. 공항에서 검사받는 일이 몇 번 반복되니 남편은 그런 상황을 즐기게까지 됐는데, 자주 걸려서인지 나중에는 의심스러우나 문제없는 사업가로 정보가 공유돼 웃으며 무사통과될 정도였다. 여하간 범법자나 마피아나! 공항 경찰들이나 초등학교 남학생들의 오해는 일맥상통 아닌가.

아이의 우주

봄비 내리는 아침이었다. 햇볕이 쨍쨍했던 전날, 막내딸은 시장에서 보라색 우산을 샀다. 마침 오늘 아침부터 비가 내리니 딸은 새 우산을 들고 발걸음도 신나게 어린이집 버스 정류장에 가는 길이었다. 작은 손에 들린 우산은 수시로 기우뚱거렸다. 어깨와 등 쪽이 선뜻 젖어 갔다. 내가 든 큰 우산을 같이 쓰고 가면 좋으련만, 굳이 직접 우산을 들겠다고 하니 좀 젖더라도 지켜보았다.

그 와중에 개 한 마리가 비에 흠뻑 젖은 채 우리 쪽으로 슬금슬금 다가왔다. 덩치도 크거니와 개 좋아하는 막내를 알아보고 저도 반갑다고 달려들어 애써 아침에 챙겨 입힌 옷이 젖기라도 할까 봐 잔뜩 경계하고 있는데 막내딸이 한마디 했다.

"엄마, 멍멍이가 우산이 없나 봐. 아무래도 멍멍이 우산 하나 사 줘야겠어."

그러는 사이에 젖은 개는 우리를 지나쳐 갈 길을 가 버렸다.

이번엔 놀이터를 지나는 중이었다. 미끄럼틀이며 그네며 운동기구 역시 봄비에 젖어 있었다. 우산을 든 건지 끄는 건지 모르게 힘겹게 빗속을 걷던 막내딸이 멈춰 섰다. 놀이터를 가만히 쳐다보던 딸은 이런 말을 했다.

"엄마, 놀이터에도 우산을 씌워 줘야겠어."

막내딸에겐 우리가 우산을 쓴 것처럼 비에 축축하게 젖은 개 한 마리도, 빗물이 흘러내리는 놀이터도 우산을 써야 할 친구들이었다. 젖은 개며 놀이터를 경계하고 귀찮아한 내 마음과 달리 어린 딸의 심성은 넓고 다정했다.

딸과 나란히 우산을 쓰고 어린이집 노랑 버스를 기다렸다. 봄날 아침 비는 여전히 내리고 있었다. 나는 어린 딸을 내려다보았다. 내 딸이라기보다 무한한 별이 깃든 존재로 보였다. 아이의 우주는 크고 어른의 우주는 조야하구나. 소리 없는 독백이 내 안에 울려 퍼졌다.

겨울과 함께 춤을

네 살 난 막내딸이 한여름 고운 삼베 원피스를 꺼내 입었다. 하루에도 수영복이니 발레복이니 몇 번씩 갈아 입으며 놀기에 자기 옷도 맘대로 못 입으면 어쩌랴 싶어 딸이 옷장을 다 뒤지고 심지어 내 옷장까지 뒤져도 내 버려 두었다. 그런데 하필이면 영하 13도 한파주의보가 내린 한겨울에 한여름 원피스라니 아연실색했다.

"엄마, 나갔다 올게!"

어느새 현관에서 신발을 신는 중이었다. 보나 마나 한파에 못 이겨 금세 다람쥐처럼 달려 들어올 게 뻔했 다. 태연한 척 잘 다녀오라고 인사까지 했다. 그렇게 얼 마가 지났는데 딸은 돌아오지 않았다. 안 되겠다 싶어 두꺼운 양말을 챙겨 신고 장갑 끼고 외투까지 걸쳐 여미 고 현관을 나섰다. 순간, 짜릿한 추위에 살갗이 시렸다. 한파주의보 내린 날답게 정신이 번쩍 드는 날씨였다.

골목에 있나 싶어 계단을 내려가려는데 옥상에서 인 기척이 들렸다. 추운 줄도 모르고 놀아도 유분수지, 감기 한번 된통 걸리겠구나, 역정도 나고 막내라고 아무리 오 냐오냐 길렀대도 이건 아니다 싶어 혼낼 요량으로 옥상 에 올라선 순간, 나는 그 자리에 멈춰 서고 말았다.

넓은 옥상 한가운데 선 막내딸은 맨발이었다. 녹색 비단 플랫 신발은 여기 하나 저기 하나 널브러져 있었다. 딸은 춤을 추고 있었다. 발갛게 언 작은 맨발로 차가운 옥상 바닥을 디디며 한여름 원피스 치맛자락과 긴 머리를 휘날리면서.

그것은 한겨울 추위와 함께 추는 춤이었다. 두 팔을 한껏 벌려 빙글빙글 도는가 하면, 치맛자락을 치켜들고 경중경중 뛰기도 했다. 몸짓은 원초적이었다. 표정도 한겨울 한파주의보 따위는 아랑곳하지 않는 한 마리 나비처럼 평화로웠다. 엄마 몰래 겨울잠 자던 보금자리를 빠져나온 작고 하얀 아기 토끼 같았다. 시린 겨울 속에서 어린 소녀의 천진함으로 펼치는 몸짓은 자유였다. 감기니 뭐니 하는 어른의 걱정은 저 천연덕스러운 자유로움 앞에서는 아무것도 아니었다.

나는 딸이 춤추는 모습을 얼마간 바라보고만 있었다. 나 역시 한없이 자유로워지는 전이를 경험하며.

바람씨에게 고함

며칠째 막내딸은 창문 앞을 서성였다. 15호 태풍 볼라벤으로 흐리고 비바람이 몰아치는 날의 연속이었다. 동네 놀이터를 마당 삼아 놀기를 즐기는 막내딸은 보아하니 오늘도 놀이터 가서 놀기는 글렀다 싶었는지 한참 창밖 날씨를 주시했다. 저 멀리 동네 골목에는 찢어진 나뭇가지가 늘어져 있는가 하면 쓰레기가 이리저리 나뒹굴었다. 현수막이 떨어져 비에 젖은 채 널브러져 있기도 했다.

험하고 궂은 날씨에 골목에는 인기척도 없었다. 모두들 숨죽여 태풍이 지나가기만 기다리는 처지였다. 창문을 조금만 열어도 세찬 바람에 비가 들이칠 판인데, 네 살짜리 딸은 어디서 그런 힘이 났는지 갑자기 창문을 열어젖혔다. 창밖으로 얼굴까지 디밀었다. 세찬 빗방울이 얼굴에 부딪혔지만 아랑곳없이 혼신을 다해 외쳤다.

"바람씨! 이제 고만 좀 하시지!"

어른의 지우개

막내딸은 놀이터에서 열심히 모래 놀이를 하고 있었다.

"가자, 붕붕 타고 놀러 가자."

미용실에 남편 머리 깎으러 가는 길에 막내딸도 데려가려는 거였는데 딸은 돌아보더니 다시 모래 놀이에 열중했다. 거듭 딸을 불렀다. 그제야 아쉬운 듯 손을 털며 달려왔다. 딸은 외투 작은 주머니를 벌려 보이며 말했다.

"엄마, 여기 주머니에 돌이 들어 있어, 돌이!"

자랑스럽게 호주머니를 톡톡 두드렸다. 순간, 나도 모르게 딸이 가리킨 주머니에 손을 쑥 집어넣었다. 궁색하게시리 주머니에 지저분한 돌을 넣으면 어쩌냐고, 모래나 돌의 집은 공원이지 네 주머니가 아니라느니 어쩌고저쩌고하며 딸에게 물어보지도 않고 주머니를 뒤집어 돌과 모래를 탈탈 털어 냈다. 그러는 동안 네 살 난 딸의 작은 몸은 내 거친 손길에 휘청거렸고, 돌멩이는 놀이터 바닥에 내팽개쳐졌다.

물티슈로 손을 닦고 딸을 차에 태워 미용실로 왔다. 남편이 머리 깎는 걸 가만히 보고 있자니 놀이터에서 호

들갑을 떤 게 미안해졌다. 그 돌을 왜 주머니에 넣었을까? 돌로 뭘 하려고 했을까? 주머니를 뒤집어 돌을 꺼내기 전에 한 번만이라도 물으면 좋았을 것을. 눈살을 찌푸리며 탈탈 털어 내지 않아도 됐을 텐데.

딸에게 물었다. 주머니에 돌을 왜 넣었냐고. 딸은 가만히 눈만 껌벅거렸다. 아무것도 기억나지 않는다는 듯 멍한 시선이었다. 좀 전에 두 눈을 반짝이며 주머니를 자랑하던 네 살짜리 아이의 눈빛이 아니었다. 아뿔싸, 오늘도 어른의 이름으로 아이의 영감 하나를 지워 버렸구나! 가슴이 철렁 내려앉았다.

새해 소원에 대한 조언

"엄만 새해 소원이 뭐야?"

새해를 맞이한 지 며칠 되지 않은 때였다. 안방을 차지하고 침대에 나란히 누웠는데 문득 막내딸이 물어 왔다. 생각이 복잡해졌다. 솔직한 내 꿈을 말하기보다는 아이에게 좀 더 그럴듯하게 들릴 법한 고상하고 이상적인 소원을 말해야 하나, 하다가 솔직한 게 좋겠다 싶어 나름대로 용기를 내서 털어놓았다.

"엄마의 새해 소원은… 부자가 되는 거야!"

아니나 다를까 딸의 두 눈이 동그래졌다. 말없이 나를 가만히 쳐다보는 눈빛은 '큰일 날 사람일세'라고 말하는 것 같았다. 이대로 두고 볼 수 없단 듯 다시 물었다.

"엄마, 왜 그런 게 되려고 해?"

생각보다 민감한 딸의 반응에 부자가 되는 게 어때서 그러냐고 되물었다.

"엄마, 부자가 되려면 해적이 돼야 해! 그걸 하려고?"

침까지 꿀깍 삼키더니 침대에서 일어나 몸가짐을 다잡고 앉아서는 이번엔 달래는 어조로 말을 이었다. 엄마를 구원하려는 간절한 표정이었다.

"엄마아, 해적이 되면 보물을 빼앗아야 하고, 욕을

하고, 속이고, 사람들을 죽여야 해."

그게 끝이 아니었다. 현실적인 대안까지 제시했다.
아주 어른스럽고 담담하게.

"그러느니 차라리 (있는 돈으로나마) 옷이나 반지, 목
걸이 그런 거나 사, 그냥!"

그래 놓고는 철없는 어른을 훈계하는 게 꽤나 힘들
다는 듯 한숨을 푹 쉬고는 이불 속으로 들어갔다.

충격적인 한마디

퇴근하자마자 막내딸과 시내로 외출했다. 어린이집에서 증명사진이 필요하다기에 단정하게 차려입고 사진관에 가서 사진도 찍었다. 사진관을 나오기가 무섭게 딸은 따로 본론이 있다는 듯이 외쳤다.

"엄마, 우리 쇼핑이나 좀 할까?"

오랜만에 모녀가 함께 한 외출이니 기분이나 맞춰주자 싶어 팬시점 안으로 들어갔다. 딸은 천국에 들어선 것처럼 황홀해했다. 문구부터 액세서리까지 그야말로 없는 게 없었다. 분홍색 대형 리본 머리띠와 하얀색 플라스틱 꽃반지까지 사고 나서야 딸은 만족한 듯 가게를 빠져나왔다. 그러면서 선심 쓴다는 듯이 약속했다.

"카페에서 엄마가 라테 먹을 동안 기다려 줄게."

시내 나오면 가는 단골 카페에서 엄마가 늘 라테를 마신다는 걸 알고 던진 말이었다.

곧장 단골 카페로 가 따스한 라테 한잔을 앞에 두고 흘러나오는 음악을 들었다. 이번엔 내가 황홀해져서 숨을 길게 내쉬고 라테를 음미했다. 오늘 하루 일과도 끝나가고 짧은 시간이라도 이런 여유를 자주 가져야겠다고 마치 딸이 없는 양 홀로 여유를 만끽하는데, 생각지도 못한 말이 날아들었다.

"어린이집에서 목걸이 안 한 사람은 나밖에 없어."

조용히 기다리겠다던 막내딸을 위해 주문한 컵케이크에는 손도 대지 않고 갑자기 투정을 부리는 듯한 말투였다. 머리띠에 반지까지 사 놓고 갑자기 웬 목걸이 타령이냐 싶었다. 게다가 좀 전까지만 해도 기다려 주겠다고 선심 쓰지 않았던가. 아늑한 단골 카페에서, 그것도 내가 좋아하는 라테를 앞에 두고 실랑이하고 싶지 않아 딸을 달랬다.

"목걸이는 주말에 시내 나와서 사자."

"치잇!"

말이 끝나기가 무섭게 성질을 부린다 싶더니 돌연 새로운 제안을 했다.

"그럼, 엄마가 좋아하는 껌을 사러 갈까?"

내가 언제 껌을 좋아했으며, 갓 나온 라테를 두고 껌 사러 갈 리 만무하며, 껌도 순전히 자신이 좋아하는 건데! 여섯 살짜리 딸에게 대거리를 하고 싶지 않아 짧지만 단호하게 한마디 했다.

"안 돼."

태연한 척 따스한 라테 잔을 두 손으로 감아쥐고 우유 거품과 커피의 조화를 음미하며 한 모금 마셨다.

그러자 막내딸은 발딱 일어나 테이블 옆 책장에 머릴 박고 섰다. 내게로 돌린 작은 등이 단단히 화가 났음을 항변하고 있었다. 그러거나 말거나 오늘의 쇼핑은 끝이고, 이제 정말 라테만 즐기겠노라며 눈길도 주지 않았다.

조금 뒤, 홱 하고 내 쪽으로 몸을 돌린 딸이 나를 향해 청천벽력 같은 한마디를 날렸다.

"엄마, 넌 해고야!"

연년생 두 아들을 키우는 13년 동안 한 번도 들어 보지 못한 말이었다. 어느새 미적지근해진 라테에서 쓴맛이 났다. 그래! 나도 엄마라는 직책에서 해고되고 싶다!

텔레파시

　일요일 늦은 밤. 집 안은 고요했다. 정적이 흐를 정도였다. 집 안을 돌아다니며 분주하게 놀던 막내딸은 11시가 넘어서야 내 곁에 누웠다. 이제 속 편히 책 좀 읽겠다 싶었다. 며칠째 읽고 있는 도스토옙스키의 소설 〈카라마조프가의 형제들〉은 후반부로 접어들어 큰형 드미트리가 살인죄로 위기에 처하자 동생 이반이 도주를 충동질하고, 막내 알렉세이는 죗값을 달게 받길 원하는 대목에 이르렀다. 끝나갈수록 이야기는 더욱더 극적으로 치달아 책을 손에서 놓을 수 없는데, 막내는 오늘도 엄만 나보다 책을 더 좋아한다며 쐐기를 박더니 혼자 놀다가 포기한 듯 잠자리에 드는 중이었다. 책에 책갈피를 꽂아 두고 막내딸을 토닥였다. 잠시 뒤 기대대로 딸은 곤히 잠들었다.

　카라마조프 일가가 있는 러시아로 소설 속 여행을 떠나기 위해 마지막으로 막내딸이 잘 자는지 확인하려던 순간, 문득 미안한 마음이 피어올랐다. 낮엔 일한다고, 저녁엔 집안일 한다고, 한밤엔 피곤해서 자거나 오늘처럼 책 읽는다고 어린 딸에게 소원하지 않았는가. 책을 다시 덮고 딸을 가만히 바라보았다. 그러면서 혹여

입 밖으로 속삭였다가는 눈치 백단인 딸이 잠을 깨 눈을 깜빡하고 뜰까 봐 마음으로 속삭였다.

'잘 자.'

정말 마음속으로만, 눈빛으로만 속삭였다. 그런데 아뿔싸, 적막강산을 깨고 막내가 똘망한 두 눈을 반짝하고 떴다.

"엄마?"

언제 잠들었냐는 듯 호기심 가득한 눈을 빛내며 물었다.

"나 불렀어?"

마음속으로 속삭였을 뿐이지만, 그걸 부른 거냐고 묻는다면 불렀다고 하는 게 맞다 싶어 그렇다고 했더니, 미소를 흘리며 떠들어 댔다.

"내가 자려고 하는데, 아니 잠이 든 것도 같은데 말이야. 엄마가 '진아, 진아' 하고 부르는 소리가 들리는 거야. 그래서 잠에서 깬 거야."

딸은 행복한 얼굴이었다.

"참 신기한 경험이야, 엄마."

엄마와 딸은 마음의 소리까지 듣나 보다고 나도 거

들었다. 마음과 마음으로 대화를 하나 보다 하고. 신기한 경험에 대한 막내의 해설은 끝나지 않았다.

"엄마, 엄마가 나를 낳았잖아. 우리는 연결돼 있잖아. 그러니까 내가 엄마의 마음을 듣는 게 아닐까? 아, 정말 신기하다!"

막내는 지금 이 순간을 음미하듯 천장을 가만히 보면서 미소를 짓더니 다시 눈을 감았다. 아이들은 어쩌면 어른들이 잃어버린 직관과 마음의 세계를 감지하는 존재일지도 모르겠다. 그렇다면 이젠 늦은 밤, 책 읽을 때는 마음속으로라도 말 걸지 말아야지. 그날 밤에 내가 내린 결론이었다.

꿈같은 하루

퇴근 뒤 늦은 저녁을 먹고 있었다. 막내딸이 자신의 손등을 꼬집고 나서 물었다.

"엄마, 미안하지만 엄마 손도 좀 꼬집어 봐도 돼?"

그러라고 했더니 단단히 주의까지 준다.

"엄청 아플 텐데 참아야 해."

작은 손가락으로 내 손등의 살집을 모아 쥐었다 놓았다. 아프기는커녕 그저 살점을 건드렸나 싶었다. 무슨 일인가 가만히 막내딸의 다음 반응을 기다렸다.

"아아! 진짜구나…."

해 놓고는 다시 밥을 먹는 것이었다. 왜 그러는지, 무엇이 '진짜'인지 궁금했다. 막내의 대답은 의외였다.

"오늘 내가 살아 있는 게 꿈만 같아서."

볶음밥을 입안에 쏘옥 넣으며 딸은 행복해했다. 오늘 무슨 좋은 일 있었냐고 물어도 그런 일은 없었다고 했다. 여느 날과 같이 아침에 집을 나온 나는 회사로, 딸은 어린이집으로 갔다. 낮에 어린이집에서 별일이 있었던 것도 아니고, 딸이 특별히 선물을 받은 것도 아니었다. 여느 때와 다름없이 흘러간 평범하기 그지없는 하루였다. 그런데 여섯 살 난 딸은 저녁밥을 먹다 문득, 오늘이 꿈만 같은 하루였다고 했다.

　나는 더 따지거나 묻지 않았다. 그저 '꿈만 같은 하루'라는 말에 공감하기로 했다. 그리고 보니 점점 꿈만 같은 하루처럼 느껴졌다.

공주 탄생

"눈물이 날 것 같아!"

저녁을 먹던 막내딸이 울 듯한 얼굴을 했다. 왜 그러느냐고 물었더니, 더 울상이 되었다.

"난 그런 병 안 걸렸는데 어떤 언니가 나보고 공주병 걸렸대. 그게 무슨 병이야?"

그날 어린이집에 발레복을 입고 간 게 화근이었지 싶다. 모자나 귀마개, 양말 등 뭐 하나만 새로 생기면 그걸 걸치고 한밤중에라도 놀이터 가자, 카페 가자 하고, 심지어 그걸 입고 자기까지 하는 성미였다. 자신의 취향을 마음껏 누리는 것, 실현하고 그 애정을 확장하는 것도 어린 시절에나 할 수 있는 일이고, 놀이라고 생각해서 내버려 두었다. 좀 더 자라서 다른 사람 눈치를 보게되기 전에 마음껏 즐기라는 심사였다.

하지만 공주병으로 불릴 수 있단 건 미처 생각해 보지 못한 터였다. 평소 그런 말을 농담으로라도 들어 본적이 없는 막내딸은 정말 자신이 '공주병'이라는 질병에 걸린 줄 알고 겁을 냈다. 세상에 있는지도 몰랐던 병에 걸렸다면 어떤 병인지 궁금해했다.

한숨 고르고 나서 딸에게 설명했다. 공주병이란 실

제로는 없는 병이고, 그림책에 나오는 공주처럼 예뻐 보이고 싶어 하는 아이들을 나쁘게 여겨서 하는 말이라고. 좋은 생각을 하는 좋은 친구라면 그런 말은 쓰지 않는다고. 또 병은 아니지만 너는 정말로 엄마의 공주라고. 차근차근 일러 주었지만 딸은 나름대로 심경이 복잡한 듯했다. 그 말을 한 언니의 말투와 눈빛에 상처받은 마음이 쉽게 사그라들긴 어려우리라.

맞은편에 앉아 밥을 먹던 두 아들도 덩달아 눈이 휘둥그레지고 얼굴이 붉으락푸르락했다.

"그런 말 한 애 누구야! 만나면 가만 안 둔다. '우리 오빠한테 죽을래?' 하고 말해, 알았지?"

밥풀이 튀도록 흥분하는 두 오빠의 모습이 우스우면서도 한편 위로가 됐는지 딸은 아까보다는 한결 편해진 얼굴로 남은 밥을 마저 먹었다.

다음 날, 그동안 벼르던 발레 학원으로 향했다. 일 년 전 좋은 선생님이라 소개받고 차일피일 미루던 차였다. 이참에 인사도 드릴 겸 빨간 튤립 한 다발을 들고 찾아갔다. 그동안 일관성 있게 발레를 배우고 싶다던 막내의 청을 이루어 줄까도 싶었고, 어제 일에 대한 좋은 위

로도 될 것 같았다. 선생님은 분홍색 발레복과 비즈가
달린 머리띠, 가방을 선물로 주셨다.

"우리 발레 학원 다니는 아이들은 다 공주예요. 티
아라 머리띠를 항상 하고 다니니까!"

공주병 오진은 이렇게 새로운 발레 공주를 탄생시
켰다.

뜻밖의 누명

"넌 왜 맨날 너희 아버지가 데리러 오니?"

수업을 마치고 막내딸 친구가 물었다. 막내는 문득 초등학교에 입학한 뒤로는 아버지가 데리러 온 적이 없다는 걸 떠올렸다.

"아버지? 우리 아버진 미국 가 있는데?"

하지만 친구는 거짓말하지 말란 듯 손가락으로 가리키기까지 했다.

"저어기, 너희 아버지 맞잖아!"

친구가 가리킨 곳, 아버지란 사람은 덩치 좋은 체격에 검은 모자와 점퍼, 검은 청바지에 회색 운동화 차림으로 교문 입구에 서 있었다. 바로 큰아들이었다. 일하는 엄마 대신 이제 막 초등학교에 입학한 막냇동생을 챙기려고 하교 시간마다 기다렸다.

"아아, 우리 큰오빠야."

막내딸은 웃었지만 친구는 끝내 의심의 눈초리를 거두지 않고 고개를 갸웃했다.

덩치나 생김새나 큰아들은 삼 남매의 맏이라기보다는 삼촌이 더 잘 어울렸다. 초등학교 고학년이 돼서는 복학생이나 미취업 청년 같다고 이모들이 농담을 건네기도 할 정도로 조숙함을 자랑했다. 표정 없고 말 없는데다 머리는 잘 안 감아서 기름에 떡이 져 있었다. 평소 집에서도 그러니 나가서는 말할 것도 없다. 시커먼 점퍼에 모자까지 눌러쓴 채 두 주머니에 손을 넣고 무표정하게 서 있다가 군인으로 오해받기도 했다. 그러나 아버지라는 누명은 처음이었다. 조숙해 보이는 것도 죄라면 죄랄까. 큰아들이 막내 여동생을 데려오는 간단한 일에도 우여곡절 가득이다.

천상천하 유아독존 아버지에 그 유전자를 그대로 물려받은 큰오빠, 그런 형에게 시달리며 내공이 쌓였지만 종종 욱하는 정 많은 작은오빠, 이 세 남자를 감당하는 만만찮은 엄마까지. 막내딸은 제각각 생존하는 식구들을 타산지석 삼아 청출어람 격으로 자라났다. 양가 집안 유일한 손녀이다 보니 오냐오냐 사랑받고 존중받고 자란 데다 방목의 혜택까지 더해지니 자유분방함이 출중하신 존재였다. 함께 옷 가게에 가서 점원이 내게 무리하게 옷을 추천하면 "그거 우리 엄마 스타일 아닌데요!"라고 먼저 일침을 날리기도 했다. 남들에게뿐 아니라 가족에게도 마찬가지였다. 평소 두 오빠는 물론 내게도 톡톡 내뱉는 당찬 대꾸에 할 말을 잃고 마는 지경인데, 그날 저녁에는 유아독존 남편도 말을 잃는 일이 있었다. 동전 세는 방법 때문이었다.

"아버지, 내 지갑에 백 원이 몇 갠지 가르쳐 줄까?"

막내는 지갑에 든 백 원짜리 동전을 바닥에 쏟아붓고는 자랑스럽게 세기 시작했다.

"이백 원, 삼백 원, 사백 원…."

여기까지는 문제없었는데 동전이 열 개가 넘어가자

독특한 셈을 했다.

"십백 원! 십일백 원! 십이백 원! … 삼십일백 원…."

보다 못한 남편이 제대로 가르쳐 주겠다고 자상하게 일렀다.

"잘 봐, 십백 원이면 백 원이 열 개인 거니까 천 원이라고 하면 되는 거야. 그래서 천백 원, 천이백 원…."

남편의 설명이 끝나지도 않았는데 막내의 대꾸가 날아들었다.

"아, 아버지 괜찮아. 난 이게 편하고 좋아" 하고는 "삼십일백 원, 삼십이백 원…" 하며 계속 자기 식으로 셈을 해 나갔다.

남편은 달리 할 말도 해 줄 말도 없어 입을 다물고 말았다. 보고 있던 나는 남편을 거들어 줄까 하다가 내버려 두었다. 자기 돈인데 원하는 대로 세라고. 어차피 자기가 쓸 돈인데 어떠랴.

자기만의 방식이나 자신의 세계를 밀어붙이는 일은 어른이 될수록 어려워진다. 우리는 얼마나 많은 시선을 의식하고 삶의 대열에서 처지지 않으려고 용을 쓰는가. 돈을 세는 일뿐 아니라 우스꽝스럽게 옷을 입든 기묘하게 춤을 추든 자신만의 방법과 색채를 잃지 않는 것은 어린 시절의 특권 아니던가.

그까짓 받아쓰기

막내는 아침부터 받아쓰기 타령이었다.

"난 받아쓰기 할 때가 되면, 아무 생각이 안 나고 닭살이 돋아."

받아쓰기 못해서 창피하고 화나면 놀이터 가서 내내 놀지 말고 공부하라고 해도 대답만 잘했다. 학교 가서 부끄러운 대가 정도는 스스로 치러야 한다고 말해도 "응!"이라고만 했다. 공부하기는 싫고, 학교에서 창피를 당하는 것도 싫고 마음이 오락가락한가 보다.

"난 아직 한 번도 백 점 맞은 적이 없고, 또 받아쓰기 할 때 틀릴까 봐 겁이 나."

푸념하기에, 속으로 잔소리하고 싶은 마음이 굴뚝같은데 남편이 따끔하게 한마디 하진 못할망정 편을 들었다.

"그래? 그럼 틀려!"

막내딸은 편을 들어 주는 것 같은 아버지의 위로에 눈빛에 생기가 돌았다. 속으로 그걸 말이라고 하냐고, 그러지 않아도 계속 틀리고 있다는 말이 속사포처럼 떠올랐지만 애써 입을 닫는데, 남편이 한술 더 떴다.

"틀린 만큼 내가 뭘 모르는지 알았으니까 그걸 공부

하면 되지. 그러려고 학교 다니는 거 아냐?"

　아버지의 하해와 같은 격려에 마음이 놓였는지 막내는 받아쓰기 에피소드를 처음으로 털어놓았다. '뾰족뾰족'을 '족뾰족뾰'로 적어 반 친구들이 웃기도 했고, 왼손잡이라 아주 쉬운 글자도 잘 못 알아보게 써서 틀리는 경우도 있었다고, 사실 틀리는 건 괜찮은데, 반 친구들이 자꾸 놀리는 게 속상하다고 했다.

　남편은 본래 말이 거꾸로 들리고 인식될 때도 있다고, 매번 똑바로 제대로 한다는 게 더 이상한 거라며 끝까지 위로했다. 이보다 더 든든한 아버지가 어디 있으랴. 막내는 그제야 아침밥을 푹푹 퍼 먹고 학교에 갔다. "그까짓 받아쓰기!" 하면서.

마침내 백 점

"집에서 공부를 좀 시켜 주세요."

1학년 1학기가 끝나 갈 무렵, 막내딸 담임선생님에게 전화가 왔다. 통화의 요지는 공부 잘할 아이를 왜 방치하느냐는 것이었다.

막내딸의 받아쓰기 점수는 주로 30점이거나 50점이었다. 친구들은 90점, 100점 맞기를 식은 죽 먹기처럼 할 때였다. 막내는 집 가까이 살아 친절하게 대해 준 아이가 받아쓰기 점수 가지고 놀렸다는 것을 말하지 않았다. 한글 모르고 초등학교에 입학한 후 5개월 동안 막내는 받아쓰기를 하며 실패와 좌절, 그리고 창피를 겪었다. 어린이집에서, 유치원에서 한글도 한자도, 심지어 영어도 배웠건만 의외로 아는 게 별로 없었다.

막내딸은 자기주장이 강하고 개성도 강한 아이였다. 받아쓰기 공부 좀 하라는 뻔한 잔소리 따위가 먹힐 리 없었다. 스스로 결정을 내리고서야 행동했다. 집에서 오빠들이 붙잡고 받아쓰기 공부를 시켜 보기도 했지만 관심이 도통 없었다. 두 오빠들도, 나도 알아서 하라는 식으로 지켜만 보던 중이었다. 1학기가 그렇게 흘러가나 싶었다.

여름방학을 사흘 앞둔 날, 막내딸이 대문을 열고 들어오며 외쳤다.

"엄마, 나 백 점 맞았어!"

막내의 낯빛에는 세상을 다 가진 듯한 기쁨이 서려 있었다. 여덟 살 인생에 자그마한 산을 넘었구나. 너의 온몸과 마음으로 스스로 자라는구나. 나는 막내딸을 안아 올려 등을 두드려 주었다.

이야기 둘.

오늘 밤은 상상 속에서 마음껏 놀았다

형제의 꿈

온화한 저녁이었다. 베락동이처럼 돌아다니던 막내 딸까지 식탁 의자에 앉아 얌전히 귀를 기울였다. 작은아들은 자신의 꿈을 이야기하며 호기에 차 있었다.

"엄마! 나는 그림을 열심히 그려서 일단 내 작업실을 구할 거야. 그런 다음에 이층집을 크게 지어서 살 거야. 지하는 작업실로 쓰고 1층에서는 먹고 자고, 2층에서는 내가 쉬고 잠자는 공간을 만들 거야."

유명한 화가가 된 작은아들의 공간을 상상했다.

"그때가 되면 재익이네 집에 놀러 가야겠는데!"

아들의 포부를 듣는 것만으로도 기분이 들떠서 한마디 보탰다.

"무슨! 엄마랑 아부지는 같이 사는 거지, 당연히."

작은아들은 놀라며 효심까지 발휘했다.

둘러앉은 식탁이 이미 작은아들의 이층집인 양 행복에 겨웠다. 동생의 벅찬 미래를 듣고 있던 큰아들도 싱글거리며 운을 뗐다. 작은아들의 희망찬 미래 설계에 이어 큰아들의 꿈은 또 어떤 빛깔일까 기대를 실어 일제히 시선을 옮겼다.

"야, 재익아!"

작은아들도 형은 어떤 꿈을 꾸고 있을까 호기심에 마른침을 꼴깍 삼켰다.

"너 그럼, 그때 나한테 말이야….''

우리는 모두 숨을 죽였다. 이어질 큰아들의 결정적인 미래를 듣기 위해서.

"돈 좀 빌려줘라!"

순간 정적이 감돌았다. 동생은 그림 열심히 그려 이층집 마련할 생각을 하는 이 아름다운 자리에서 돈 빌려달라는 형을 어떻게 받아들여야 할까. 생각지도 않게 날벼락을 맞아 장차 성공해서 이층집도 짓고 부모님도 모시고 형 돈까지 빌려줄 처지가 된 작은아들은 잠시 벙벙한 표정이었다. 나 역시 욱하는 성질이 고개를 쳐들어 혼내려다가, 그나마 작은아들의 꿈은 충분히 격려할 만하다 싶어 점잖은 척 참을 수밖에 없었다. 남편은 허허 웃고만 말았다. 혼내기도 모호하고 안 혼내기도 찝찝한 채로 그날 저녁, 하늘과 땅만큼이나 다른 형제의 미래 담론은 흐뭇하게 시작해 행복한 상상으로 무르익다가, 떨떠름하고 걸쩍지근하게 막을 내렸다.

작은아들도 끝내 형에게 뭐라고 한마디 할 듯 유심

히 보다가 종내 시선을 거두었다. 돈을 빌려주고 말고
는 먼 훗날 일이니 둘째 치고, 형이 엉뚱한 소리를 진지
하게 해서 사람 황당하게 만드는 데 이젠 두 손 두 발 다
들었다는 듯이 방으로 들어가 버렸다. 침묵의 체념만이
유일한 반격이라는 듯이.

공부하는 이유

"공부는 왜 해야 해?"

큰아들은 여러 번 물었다. 공부를 하면서 물으면 속이나 안 상하지, 썩 와 닿는 답을 알지 못해, 근원의 이유를 찾지 못해 공부를 하지 않는다는 듯이 묻기는 줄기차게 물었다. 남편은 때론 진지하게 때론 열심히 대답하다가 어떨 때는 단순하게 몰아붙이기도 했다.

"그냥 무조건 공부는 잘해야 돼."

큰아들은 역시나 고개를 갸우뚱거렸다. 공부야 둘째 치고 궁극적인 질문을 품는 일이야말로 학생이 가져야 할 바람직한 자세라며 그나마 긍정적으로 생각하면서 며칠을 보냈다. 온 가족이 차를 타고 동네 언덕을 지나는 중이었다. 차 안에서는 그 시절 온 가족의 애창곡, 강렬한 기타 연주로 시작되는 에릭 클랩턴의 'Layla'가 흘러나왔다. 특히 "레일라-아! 레일라-아!"는 두 아들이 놓치지 않고 열창하는 후렴구였다. 두 아들은 손바닥으로 좌석을 쳐서 박자까지 맞추며 후렴구가 나오기만을 기다리는 중이었다.

"구우웅, 우우우웅!"

2005년식 파란색 포드 셸비 머스탱 한 대가 원초적

인 배기음을 내며 다가왔다. 액셀을 밟을 때 나는 소리
가 남자의 감성에 지진을 일으킨다나 어쩐다나. 고대하
던 레일라의 후렴구가 터져 나오는데도 남편은 물론 두
아들까지 절로 뒷좌석에서 엉덩이를 치켜들고 상체를
앞으로 기울여 감탄했다.

"우워어, 아부지 머스탱이야!"

자동차 마니아인 아버지를 닮아 두 아들도 어릴 때부
터 미니 올드카를 수집 중이었다. 남편은 단번에 연식까
지 외쳤다. 파란 머스탱의 운전자는 백발의 할머니였다.

"운전자가 할머니야!"

이번엔 나도 두 눈을 부릅뜨고 차도 차지만 운전하
는 백발의 할머니를 눈여겨보았다. 염색하지 않은 자연
스러운 백발의 멋을 아는 할머니가 모는 올드 머스탱이
라니! 언젠가 안목과 재력까지 겸비한 할머니가 되리라
부푼 꿈에 젖었다. 모두 각자의 방식으로 부러워하는
사이 머스탱은 제 갈 길을 향해 저 멀리 "구웅구웅 구우
우-웅"거리며 사라졌다. 언젠가 저런 차를 한 대쯤 가져
야 하지 않겠나 하는 남편의 말로 분위기가 마무리되는
가 싶었는데, 큰아들이 뜬금없이 물었다.

"아부지, 근데 공부는 왜 잘해야 돼?"

남편은 마침 잘됐다 싶어 큰아들이 알아듣기 쉽게 비유를 들었다.

"네가 공부를 열심히 하면 아까 본 머스탱 한 대를 2-3년에 살 수 있지만 지금처럼 계속 안 하면 30년이 걸려도 못 사."

"에헥? 30년?"

큰아들은 공부를 해야 하는 이유를 이제야 알겠단 듯 진지하게 창밖을 응시했다. 그러곤 내내 말이 없었다.

집에 돌아온 때부터 놀라운 일이 벌어졌다. 큰아들이 공부를 하기 시작했다. 책상 앞에 앉아 책을 보는가 하면, 한글 공부도 하고 산수 공부도 했다. 물론 며칠 안가 말짱 도루묵 됐지만.

건담과 레고의 학습 효과

큰아들은 늘 죽을 쑤는 받아쓰기 실력으로 '바보'라고 불릴 정도로 유명세를 날렸지만 장난감 이야기를 할 때는 딴판이었다. 눈빛이 강렬하게 빛나고 평소와 달리 말도 빨리했다. 심지어 산수도 순조롭게 해냈다. 받아쓰기와 피장파장, 20점을 넘지 못하는 산수 실력이 의심스러울 정도다. 숫자를 읽어 보라고 하면 딴소리나 하고, 해야 할 일이 생각난다는 둥 가만있질 못하는 지경이라 저렇게 몰라서 어쩌누 싶었는데, 알고 보니 전혀 다른 면이 있었다.

같은 동네 사는 언니가 놀러 온 날이었다. 큰아들은 이모가 현관에서 신발을 벗기도 전에 달려갔다. 그리고 빠르고 정확한 발음으로 받아쓰기와 산수가 조합된 언어를 우수하게 구사했다.

"이모, 제가 사고 싶은 건담이 있어요. 모델 이름이 'RX-78 건담 MK-2'예요. 육만사천오백 원이거든요. 제가 지금 사만이천 원을 모았는데, 그래서 말인데요, 이모가 이만이천오백 원 보태 줄 수 있어요?"

나는 우리 집 큰아들이 맞나 싶어 놀라서 가만히 바라보았다. 언니 역시 두 눈이 동그래졌다. 조카가 저렇게 어려운 산수를 잘했던가 싶기도 하고, 저렇게 말을 조리 있게 길고 빠르게 할 수 있었나 싶어 거듭 놀라는 중이었다. 게다가 영어 알파벳까지! 순간, 정신이 혼미해진 언니는 신발을 마저 벗으면서 그 돈 내가 보태 주마 약속했다.

이 녀석, 자신이 좋아하는 일엔 그토록 집중하고 똑똑해지는 거였다. 배신감과 가능성이 교차하면서 건담 이야기로라도 학습을 유도해야 하나 궁리했다.

며칠 뒤, 크리스마스가 며칠 남지 않은 날이었다. 형과는 달리 입학하기 전에 한글을 뗀 작은아들이 거실을 오가며 편지 한 장을 펴 들고 낭독하고 있었다.

"산타 할아버지 안녕하세요. 이번 크리스마스에 제가 갖고 싶은 선물은 스타워즈 레고예요. 레고 번호는 8086이에요. 산타 할아버지, 부탁해요!"

가만히 듣고 있던 큰아들이 갑자기 고개를 돌려 작은아들을 심각한 표정으로 바라봤다. 매사 무관심하고 싱거운 큰아들에게는 꽤 의미심장한 상황이라는 증거였다.

"야, 재익아, 어디서 많이 듣던 말이다? 꼭 내 편지하고 비슷하게 썼어."

그러자 형 말에 돌연 헷갈리기 시작한 작은아들이 가만히 두 눈을 깜빡이다가 스러져 가는 정신을 어찌어찌 가다듬고 겨우 내뱉었다.

"이거 형이 쓴 거잖아!"

그동안 받아쓰기 20점을 남들 백 점 맞듯 받아 온 큰아들이 썼다는 편지를 보았다. 글씨도 제법이고 오타도 거의 없었다. 역시 자신이 좋아하는 건담이나 레고가 필요할 때는 뇌를 활용한다는 것이렷다. 산타클로스에게 쓴 동심 가득한 편지를 가지고 공부를 운운하기는 염치도 없고, 바야흐로 전 세계가 예수 탄생의 기쁨 속에서 사랑과 용서를 외치는 연말에 엄마로서 품격도 있고 해서 그냥 내버려 두었다. 크리스마스 시즌 덕분에 큰아들은 결국 예수의 예언대로 '구하는 자 얻는다'고 레고 8086을 품에 안았고, 산타클로스를 믿는 동심의 세계를 확고히 구축하는 계기가 됐다.

놀라운 직업

두 아들이 다니는 초등학교 바로 근처에 언니네가 살고 있었다. 언니네 두 딸은 고학년이었는데, 이제 막 초등학교에 다니는 형제를 사촌이라고 잘 챙기고 놀아 주었다. 귀찮을 법도 한데 인형극도 같이 하고 받아쓰기도 봐주고, 그림도 그리고 백사실계곡에서 눈싸움도 하며 어울렸다. 맞벌이였던 언니와 형부는 밤이 돼서야 돌아왔고, 낮에 텅 빈 이층집은 아이들의 놀이터나 다름없었다. 두 아들은 학교가 끝나면 빈집에 들어가서 놀거나 숙제를 하다가 집에 오곤 했다.

하루는 큰아들이 반 친구까지 데리고 언니네 집으로 갔다.

"야, 들어와, 들어와!"

제집처럼 대문을 밀고 마당을 가로질러 문을 열어젖혔다. 큰아들의 뒤를 따라 들어가 현관에서 주섬주섬 신발을 벗던 친구가 얼음처럼 멈춰 섰다. 현관 벽에 걸려 있는 스쿠버다이빙 장비를 보고 눈이 휘둥그레진 것이다. 오리발과 장갑은 물론 스노클, 물안경, 부력 조절기, 공기탱크, 호흡기 등 벽에 즐비한 물건을 하나하나 찬찬히 둘러보다가 물었다.

"우와아, 이거 다 뭐 하는 거야?"

친구의 감탄에 자랑할 게 생긴 큰아들은 신이 났다.

"너 모르니? 이건 바다에 들어갈 때 쓰는 거야. 이 옷을 입고 이 오리발을 하고 이 호스로 숨을 쉬지."

정작 이모부가 스쿠버다이빙하는 걸 직접 본 적은 없으면서, 엿들은 풍월은 있었던지 장비 하나하나를 손가락질해 가며 술술 설명했다. 듣고 보니 더욱 경이롭단 듯 친구가 질문을 이어 갔다.

"바다? 거기서 뭐 하는데?"

"뭐 하냐고?"

자랑스럽게 설명하던 큰아들은 정작 본격적인 의문 앞에서 잠시 머뭇거렸다.

"응, 바닷속에도 들어가고 또….”

큰아들의 대답이 지체될수록 친구는 대체 이런 여러 가지 놀라운 장비로 사람이 바닷속에서 뭘 하는지 궁금증이 커져 갔다. 큰아들은 새삼 장비를 하나하나 다시 찬찬히 훑어본 다음에 침을 한번 삼키고서야 입을 뗐다. 참 중요하고 조심스러운 대답이라 신중할 수밖에 없었다는 느낌으로 내뱉었다.

"상어를 잡지!"

놀란 친구의 입이 떠억 벌어졌다. 같은 반 친구네 이모부가 난생처음 본 갖가지 장비를 장착하고 거친 망망대해에서 평생 한번 볼까 말까 한 무시무시한 상어를 목숨을 걸고 잡는 일을 하다니! 더불어 그런 이모부를 둔 친구가 새삼 존경스럽고 남달라 보인다고 생각했을지도 모른다. 벌어진 입이 내내 다물어지지 않았으니까. 그러거나 말거나 이번엔 큰아들이 생뚱맞은 질문을 던졌다.

"근데 너희 아버지는 뭐 하시니?"

친구는 대답이라기보다 놀라움이 가시지 않은 말투로 중얼거렸다.

"어, 경찰…."

바다에서 상어를 잡는 사람도 있는데 그까짓 경찰이 뭐 직업이랄 게 있냐는 듯이.

형제는 햄버거를 먹는 중이었다. 먹던 햄버거를 내려놓고 문득 작은아들이 물었다.

"형, 형은 지금 여기에서 느끼는 감정과 겪는 일이 '진짜'라고 어떻게 믿어?"

큰아들의 대답은 엉뚱했다. 아니, 엉뚱한 물음이었다.

"야, 근데 이 햄버거 너무 맛있지 않냐?"

진지한 물음을 던졌던 작은아들은 속이 터진다.

"아니, 혀엉, 내 말은! 지금 경험하는 게 실제라고 어떻게 믿느냐 말이야!"

그제야 큰아들은 바위가 '꾸움적' 하듯 대답했다.

"야, 동생아, 난 네가 무슨 말을 하는지 모르겠다."

그러고는 햄버거를 계속 먹어 댔다. 한 입으로 두말이 따로 없다. 맛없다고 내뱉어 놓고 그 입으로 우적우적, 누가 봐도 맛나게 잘도 먹었다.

작은아들은 그런 형의 태도에 굴하지 않고 친절하게 설명까지 보태 묻는다.

"형, 예를 들어 볼게. 형이 여기에서 지금 햄버거를 먹고 있어. 맛없다고 느낀단 말이야. 근데 그게 진짜 나라고, 그게 전부라고 어떤 근거로 믿느냐 말이야."

큰아들은 제법 뭔가를 생각하는 듯했지만 여전히 삼천포였다.

"…이 햄버거 속도 너무 성의 없이 채웠다, 그치?"

급기야 작은아들은 포기한 듯 하소연을 했다.

"형! 난 지금 여기에서 내가 겪는 게 전부라고 믿을 수 없을 때가 있단 말이야."

그제야 큰아들이 동생의 말에 성의를 보인다 싶었는데, 그 대답이 묘했다.

"난 지금 네가 무슨 이야길 하는지 모르겠지만 그거 하나는 알아."

작은아들은 평소 형이 딴청은 좀 부리지만 간혹 진지한 멘트도 날려 주는 순간이 바로 지금이구나, 눈치채고 귀를 기울였다.

"그건 말이야, 나한테, 혹은 내 주변에 일어나는 모든 일의 원인은 나라는 거. 그건 확실히 알지."

작은아들은 알 듯 모를 듯 가만히 눈을 깜박였다.

침묵 속에서 형제는 햄버거만 먹고 있었다. 두 아들의 선문선답 같은 대화를 엿들은 나 역시 그저 저물어 가는 창밖 풍경을 가만히 바라보았다.

명백한 증거

"이번 주 금요일에 학교 안 가는 거 알지?"

큰아들이 먼저 화두를 던졌다. 밥을 먹던 작은아들은 쓸데없는 소리란 듯 짧게 대답했다.

"아냐, 가!"

먹는 일 빼고는 현실감각이라곤 없는 형이 학사 일정을 언급하자 작은아들은 일언지하에 거두절미했다. 웬일인지 큰아들도 밀리지 않았다.

"너 추석인 거 몰라? 내일 운동회 끝나고 추석이잖아."

목요일 운동회가 끝나고 다음 날인 금요일부터 추석 연휴가 시작된다는 게 큰아들의 주장이었다. 운동회와 추석 연휴 사이, 평일인 금요일이 학교 재량 휴일인가를 놓고 옥신각신하는 거였다.

"그래, 그건 나도 아는데 형, 난 금요일에 학교 가는데?"

"야, 그런 건 내가 더 잘 알아. 금요일도 쉬어. 일요일까지 계속 안 간다고!"

개학 날도 푹 자다가 담임선생님 전화를 받고는 눈곱도 안 떼고 달려가는 형이 학사 일정을 꿰고 있을 리 없다고 여긴 작은아들이 다시 밀어붙였다.

"누가 그래?"

증거를 대라는 듯 다그쳤다. 안 그래도 요즘 형이 이 기적이라고 열변을 토하던 즈음이었고, 형의 말이면 뭐든 증거를 대야 믿겠다는 불신이 가득한 심사였다. 그래서 더욱 오지게 따지는 작은아들이었다.

밥 먹다가 중간에 숟가락을 놓는 일이 없는 큰아들이 차분하게 식탁 위에 숟가락을 내려놓았다. 그러고는 벌떡 일어나 뜬금없이 자기 방으로 걸어갔다. 다시 식탁으로 돌아온 큰아들의 손에는 학교 급식 표 한 장이 들려 있었다. 자세나 표정으로 치자면 '이봐들, 세상만사 다 내 손안에 있어. 굳이 보여 줘야 알겠어?' 하는 만장 같은 여유가 묻어났다. 그래도 중생을 위해 애써 증거와 함께 입을 뗀다는 식으로 말했다. 통통한 손가락으로 급식 표를 가리키기까지 하며.

"야, 넌 급식 표도 안 봤냐. 금요일엔 점심이 없어. 빈칸이라고. 그러니까 이건 곧!"

자신이 정말 이런 수고까지 해야 하냐는 듯 한숨을 푹 쉬더니, 결정적으로 핵심을 한마디로 정리하는 배려심을 발휘했다.

"학교 안 간다는 뜻이야!"

세상만사 다 무관심해도 학교 가기 전에 꼭 확인하고 점심 급식을 기다리는 게 학교 가는 큰 이유인 형이 내민 급식 표 앞에서 할 말을 잃은 '작은'아들은 말 그대로 작아졌고, 행여나 하고 급식 표를 보고 또 봤다. 더불어 오늘따라 형이 모처럼 형다워 보인다고도 생각했다.

다시 한번 깊은 한숨을 쉰 큰아들은 놓았던 숟가락을 들고 밥을 마저 먹기 시작했다. 이제야 속 편히 싹 다 먹어 치워 볼까 하는 심사로.

잘돼 가는 방학 숙제

"방학 숙제는 잘돼 가지?"

공부는 몰라도 숙제만큼은 선생님과 한 약속이니 해 가라고, 두 아들의 여름방학 숙제를 환기시켰다. 그때마다 컴퓨터게임에 코를 박고도 대답은 또랑또랑했다.

"응!"

둘 다 이 한마디가 전부였지만 선뜻 대답을 하니 철썩같이 믿었다.

개학 하루 전날 밤 11시가 넘은 시각, 작은아들이 일기를 쓰고 있었다. 웃통을 벗어젖히고 하얗게 질린 얼굴로 이주일 치를 써야 한다며 애를 쓰고 있었다.

'방학 내내 게임에 고개 박고 있더니 숙제 해 놓고 노는 거 아녔어? 그동안 대답은 말뿐이었던 거냐!'

대번에 화를 내고 싶었지만 몰아치면 뒤늦게나마 애써 하는 숙제를 망칠까 싶어 속으로 삼켰다. 이제 와서 그런 시시비비가 뭔 소용인가 싶기도 했다. 오히려 엄마 눈치를 볼 겨를도 없이 과제에 몰두하는 작은아들의 야위고 하얀 등짝이 마음 아렸다.

간식이나 사 주자며 남편과 야심한 시각에 슈퍼에 다녀왔다. 작은아들이 좋아하는 아이스크림과 음료수에 내가 마실 맥주와 안주도 샀다. 행여 성질이 들고일어나 두 아들에게 고래고래 화를 내면 낭패다 싶어 술에 취해 잠이나 자 버리자는 심정이었다.

집에 돌아와 보니, 작은아들이 울상을 짓고 있었다. e-독서친군가 뭔가, 책 읽고 독후감 쓰기는 학교 홈페이지에 실컷 썼는데 설상가상으로 홈페이지 서버가 다운되는 바람에 다 날아갔다는 것이다.

그럼 그렇지! 이런 학생이 얼마나 많기에 서버가 다운될까? 서버도 개학을 코앞에 두고 몰아치기 숙제하는 학생들 때문에 뻗은 게지. 기계도 지친 게야. 내가 속으로 타박하는 사이, 작은아들은 독후감을 포기한 듯 이번엔 다시 일기장에 고개를 박고 썼다. 저러다 작가라도 되겠다 싶을 정도로 대단한 필력이었다. 새벽 1시가 되어서야 일기장을 접고 책가방을 챙겼다. 작은아들에게 잘 자라고 인사하고 돌아서려다 큰대자로 퍼져 자는 큰아들을 보니 아차 싶었다.

"근데 네 형은 방학 숙제 다 했대?"

작년엔 개학 날인 줄도 모르고 늦잠까지 자다가 선생님한테 전화를 받았다.

"개학인데 학교에 안 오기에 전화 드렸어요."

알아서 하려니 내버려 둔 방목의 착오라면 이런 결정적인 순간일 것이다. 면구스럽기 그지없던 작년보단 낫다 싶었다. 적어도 내일이 개학이라는 건 온 가족이 인지했으니 말이다. 제 코가 석 자라 형의 방학 숙제까지 챙길 여력이 없는 작은아들은 피곤한 몸을 이불 속으로 집어넣으며 신음인지 대답인지 모르게 웅얼거렸다.

"모올라?"

맥주를 사 왔기에 망정이지 야심한 시각이고 새벽이고 간에 한바탕 난리를 쳤을지도 모를 일이었다. 충격 때문인지 술에 취해서인지 나는 휘청거리며 두 아들의 방을 나왔다. 끝내 큰아들의 방학 숙제 상황은 그렇게 미궁 속인 채 개학 날 새벽은 밝아 오고 있었다.

속 좋은 놈, 그러니까 피부도 좋고 키도 큰가 보다.

리코더 못 부는 아이

"아아, 학교에 진짜 가기 싫다!"

월요일 아침, 작은아들은 식탁에 앉아 한숨을 쉬었다. 시간은 이미 8시를 넘기고 있었다. 더 늦으면 지각할 텐데 오늘따라 왜 저러나 싶었다.

작은아들을 달랬다. 주말에 신나게 논 후유증일 수 있다며 포상금처럼 천 원짜리도 한 장 건넸다.

"학교 끝나고 올 때 떡볶이 사 먹어. 두 컵! 알았지?"

슬그머니 돈을 챙기면서도 얼굴은 펴지지 않았다. 학교에 가기 싫은 이유라도 있나 싶어 물었더니 모호하게 뜸을 들이다 고백했다.

"리코더 연습을 안 해서."

그동안 리코더 수업이 있었는데 연습을 안 해 갔단다. 결국 선생님이 월요일에 리코더 시험을 볼 텐데, 그때도 연습을 안 해 오면 정말 화를 낼 거라고 했단다. 더 놀라운 것은, 리코더를 못 부는 학생이 반에서 작은아들하나뿐이라는 사실이었다.

선생님의 최후통첩을 받고도 작은아들은 주말 내내 놀았다. 토요일은 형 생일 파티로, 일요일은 가족 나들이로 주말을 탕진해 버리고 월요일 아침에야 선생님과의 약조가 떠오른 것이다. 기억을 더듬어 보니 그동안 몇 번 리코더 수업이 싫단 이야기를 한 게 떠올랐다. 학교에 다니면서 좋고 싫은 게 있을 수 있지만 반에서 저 하나만 못할 정도라고는 생각도 못했다.

리코더를 못 부는 학생이 혼자뿐이고, 특별히 시간을 더 줬는데도 연습을 하지 않은 아들에게 어떤 말을 건네야 할까, 빠듯한 출근 시간을 확인하며 고민에 빠졌다. 그렇다고 어려움을 쉬이 모면하도록 결석을 시킬 순 없다고 생각했다. 그럼 양자택일뿐이었다. 솔직히 고백하고 꾸중을 듣거나 하루만 더 기회를 달라고 선생님을 설득하거나.

작은아들은 평소에도 할 말을 똑 부러지게 못하는 편이었다. 자기가 잘못하지 않았는데 누가 꾸중을 하면 할 말을 잃고 속으로만 억울해했다. 돌아서서 혼자 눈물 훔치며 감정을 쌓다가 어느 날 돌연 폭발해 버리는 성향이었다. 그런 성향을 벗어났으면 싶어 작은아들에게 늘 "누가 너를 꾸중하더라도 네가 하고 싶은 말이 있다면, 해야 할 말이 있다면 눈을 똑바로 보고 말해야 한다"고 일러 왔다. 어쩌면 작은아들은 리코더 시험이라는 위기 앞에서 뒷걸음치고 싶었을 것이다. 그럴수록 용기를 내 정면 돌파하기를 독려했다. 용기를 내는 일이야말로 시작의 반이라고. 도망치면 두려움은 점점 커진다고. 이제 학교에 가서 펼쳐질 일은 용감하든, 그렇지 않든, 스스로 부딪치고 감당할 수밖에 없다고. 리코더가 어려운 게 아니라 싫다는 마음에 갇혀 연습을 하지 않아서 그런 것일 수도 있다고.

그날 오후, 작은아들은 편안한 얼굴로 집에 돌아왔다. 스스로의 용기로 하루 치 연습 기회를 얻었다. 집에 돌아오자마자 시작한 리코더 연습은 밤늦게까지 이어졌다. 늦은 밤에는 악보를 안 보고 계명과 노래 두 곡을 부는 데 성공했다며 시범 연주도 보여 주었다. 덩달아 잠들지 못한 큰아들과 막내딸도 작은아들의 일취월장에 박수를 보냈다.

"이렇게 연습하면 될걸…."

작은아들은 스스로 대견해하면서 중얼거리더니, 늦은 밤이 돼서야 곤히 잠들었다. 잠든 아들의 머리맡에는 침이 번들거리는 리코더가 나란히 누워 있었다. 같이 지쳐 잠든 것처럼.

포기하고 싶어 절망적인 순간에 자신을 구할 수 있는 건 자신뿐이다. 스스로를 일으켜 용기를 내 앞으로 나아가면 태산 같던 일도 해낼 수 있다. 작은아들은 자신의 용기가 펼치는 마법을 경험했으리라. 다음 날, 작은아들은 일찌감치 아침밥을 먹어 치우고 간다는 말도 없이 리코더를 들고 학교로 달려갔다.

급식 표의 존재 이유

일요일 밤, 큰아들이 책상 앞에 떠억하니 학교 급식 표를 붙였다. 행여나 떨어질세라 딱풀로 네 귀퉁이를 단단히 붙이고 나서 작은아들에게 제안했다.

"우리 이거 붙여 놓고 매일 보자!"

작은아들은 급식 표를 매일 봐서 뭐 하나 싶어 심드렁했다.

"왜?"

"응, 오늘은 점심에 뭘 먹을지 생각하면서 학교에 가는 거지."

'그러시든지….'

동생의 무심함에 끄덕할 리 없는 큰아들은 입맛까지 다셨다.

"그럼 더 맛있겠지?"

'그러시든지….'

급식 표를 바라보는 큰아들의 표정은 예술가가 완성한 자기 작품을 바라보듯 벅찬 얼굴이었다. 그렇게 흐뭇해할 수가 없었다. 다빈치는 우연히 본 대리석 덩어리에서 자신이 만들어 낼 작품의 형상을 보았다고 전한다. 누런 갱지에 인쇄한 급식 표를 보는 것만으로도 군침이 돌고 행복한 것은 그런 경지인가 싶다.

　학생이랍시고 책상 앞에 시간표나 학사 일정은커녕, 시험 범위 하나 붙여 둔 적이 없는 큰아들이었다. 명색이 학생 책상인데 책도 별로 없다. 그나마 구색으로 꽂혀 있는 영어와 수학 문제집도 지난 여름방학 때 산 거였다. 학원도 안 가고 할 게 없으니 문제집이라도 스스로 골라서 풀라고 서점으로 등 떠밀어 산 것이었다. 제 손으로 사 와 놓고 두어 장 풀었을까, 거의 새거나 다름없다. 내일모레 중학생이 되는 큰아들이 새 학기에 유일하게 흥분해서 꼼꼼하게 챙겨 붙이는 게 바로 급식 표였다. 공부하러 학교 다니는 게 아닌 줄은 애초에 알았건만, 먹성 좋은 아들인 건 알았건만 밥 먹으러 학교 다니는 줄은 몰랐다. 그래, 초밥이 좋아 장인이 운영하는 초밥집이 있다는 도쿄에 가겠다는 녀석이었지.

　그에 반해 작은아들은 먹는 데는 별로 관심이 없었다. 먹느니 놀고, 먹느니 잠을 잔다는 녀석이다. 큰아들에겐 반가운 급식 표가 작은아들에겐 귀찮은 종이 쪼가리에 불과한 것이다.

　두 아들이 잠든 늦은 밤, 큰아들이 정성스레 붙여 둔

급식 표를 봤다. 월요일인 내일 급식은 차조밥, 잡채, 다슬기아욱국, 달걀지단, 미숫가루, 순대야채볶음, 탕수육. 한정식 수준이다. 매일 밥하는 내가 봐도 입맛이 돌고 행복할 만했다. 다음 날인 화요일은 보리밥에 도토리묵, 닭갈비, 꽁치양념구이에 쇠고기버섯국이다. 이만하면 호화 식단이다.

내일 급식을 기다리며 잠든 큰아들의 푸짐한 체격을 내려다봤다. 영어 12점 맞고, 수학 30점 맞아도 친구도 많고 급식 먹는 낙으로 다니는 학교가 즐겁다니 다행이다. 누구에게나 각자 자기만의 오롯한 행복이 있을 터. 큰아들의 행복은 바로 급식 표였다. 아, 아들아!

봄날의 물음 하나

4월 봄날이었다. 여느 날처럼 막내딸 손을 잡고 버스 정류장으로 향하는 길이었다.

"엄마, 내 손을 잡을 땐 꼭 잡아야지!"

걸음을 멈추고 느슨하게 잡고 있던 내 손을 다잡아 쥐었다. 습관적으로 더 세게 잡아 주었을 뿐 나는 마음의 한눈을 팔고 있었다.

자주 화가 났고, 쉽게 피로해지는 시절이었다. 밥상 차리는 것도 힘겨웠고 일에서도 별다른 보람을 얻지 못한 채 하루하루 보내고 있었다. 한 번씩 우울감이 들면 신세 한탄으로 이어졌고 마음에 커다란 추가 달린 듯 바닥으로 끝없이 추락하곤 했다. 말수가 줄고 표정이 무뚝뚝해지고 무심해지곤 했다. 그렇게 침잠하는 것이 오히려 열심히 살려고 애쓰는 것보다 편하게 느껴지기도 했다. 40대 초반이 되도록 해 놓은 게 뭐가 있나 공허함에 젖기도 했다. 뭘 해도 집중하지 못하고 멍하니 때웠다. 노곤한 아침나절 봄 햇살은 아무 죄가 없건만 인상까지 찌푸리고 버스가 오기만을 기다리는 중이었다. 봄 햇살이 우울을 조장이라도 한 듯 고개를 돌리고서 말이다. 우울의 호숫가에 반짝이는 돌멩이 하나가 날아든

건 그때였다.

"엄마! 엄마도 어렸을 때 나를 낳아서 키우고 싶다는 소원 빌었어?"

뜻밖의 물음이었다. 딸은 호기심 가득한 얼굴로 나를 올려다보았다. 그 얼굴에는 '우리 엄마는 분명히 어렸을 때부터 나를 만나길 기도했고 그 소원대로 나를 낳았고 우리는 모녀지간이 되었으니 나야말로 우리 엄마가 사랑하는 딸인 거야. 내 말이 맞지?' 하는 믿음과 사랑이 가득했다.

"…응! 그럼."

겨우 마음을 다잡고 대답했다. 딸은 또다시 나를 올려다보고는 잡은 손을 한 번 더 다잡았다. 그리고 고개를 끄덕였다.

딸을 보내고 난 뒤, 버스 정류장에 가만히 서 있었다. 사랑과 충만함으로 가득했던 어린 딸의 시선을 떠올렸다. 뜻하지 않은 물음이 준 따스함이 온몸으로 번지는 듯한 착각이 들었다. 막내딸의 물음은 "당신은 지금 살아 있나요?", "감사하고 사랑하며 살고 있나요?"라고 작은 손으로 처진 내 어깨를 다독이는 일이었다.

찌푸렸던 미간을 조금씩 펴 보았다. 시선을 돌려 따스한 아침 햇살도 올려다보았다. 어린 딸의 물음 하나가 지친 엄마를 구원한 그 봄의 햇살은 한없이 따스했다.

가을방학

막내딸은 학교에 다니며 학사 일정이나 학습 운영에 불만이 많았다. 왜 그리 맘에 안 드는 게 많은지 그때마다 온 가족이 다 들으라는 듯이 떠벌렸다. 좌청룡 우백호 격인 두 오빠의 슬하에서 경호를 받고 자라 온 탓인지, 천성인지 기가 죽지 않았고, 자신의 의견을 눈치 보지 않고 밝혔다.

왜 학교는 일주일에 5일 동안 가고 이틀만 쉬냐고, 5일 쉬어야지 했다. 공부는 안 하면서도 학교가 애들 공부시키려고 혹사를 시킨다는 둥 숙제가 많다는 둥 불평을 대놓고 했다. 하루는 일어나자마자 거울 앞에서 자못 자신의 외모에 만족한다는 낯빛으로 머릴 빗으며 "엄마, 오늘 무슨 날인지 알지?" 하기에 "알지"라고 대답해 놓고 오늘이 뭔 날이지 뒤늦게 생각하고 있으니 "응, 방학 전날이지" 하는 거다. "그래, 내일이 방학인 오늘은 참 좋겠다" 하는데, 이어서 하는 말이 "엄마, 겨울에도 방학을 해?"였다. 이어서 "아아 알겠다. 여름방학, 겨울방학, 봄방학도 있지!" 했다.

그러더니 잠시 뒤 느닷없이 내가 교육부 장관이라도 되는 양 대뜸 따졌다.

"근데 엄마, 왜 가을방학은 없어?"

또 학사 일정에 시비를 걸기 시작했구나. 주어진 대로 살아오느라 한번도 가을방학의 존재에 대해 생각해 본 적 없는 내가 뾰족한 대답을 할 리 만무하거늘.

"이상해. 가을은 바람도 선선하고 경치도 좋은데 왜 방학을 안 해?"

정 궁금하면 교장실 문을 두드리고 당당하게 물어보라고 했다. 내친김에 권유도 해 보라고 농담 반 진담 반으로 웃었다. 막내딸이 정말 교장 선생님과 담판을 짓는다면 그것 참 흥미롭겠다고 혼자 공상을 해 보기도 했다.

'가을방학'이 없어서 이상하단 생각은 한번도 한 적이 없다. 아니, 의문을 가질 만큼 능동적으로 살아오지 않았다. 어린 시절, 감히 교장 선생님한테 말 걸 생각도 학사 일정에 의문을 가질 엄두도 내지 못하고 어른이 되었다.

시간이 지날수록 가을방학에 대한 질문이 가시질 않았다. 세상사 모르는 어린아이의 의문이나 바람이기도 하겠지만 한편 생각해 보니 참으로 그럴듯한 말이다 싶은 게, 더워서 아니면 추워서 또는 새 학기 준비하라고 방학을 한다면, 왜 운치 좋은 가을엔 방학을 하지 않지? 또 이렇게 좋은 계절이라면 야외 학습, 현장 체험 학습을 하라고 하루 소풍 다녀오는 데 그칠 게 아니라 자연을 누리라고 며칠 방학을 해야 하지 않나? 가을 하늘은 얼마나 높고 푸른가. 들에 산에 단풍은 또 얼마나 가슴을 뛰게 하는가. 열매나 꽃도 지천이다. 밤과 대추, 사과나 배에 코스모스나 들국화에 들꽃도 아름답다. 사과가 익어 가는 과수원 길에서 풍기는 과실 냄새는 얼마나 달고 향기로운가. 누렇게 익어 가는 벼는 보는 것만으로도 배가 부르고, 가을바람에 실려 오는 바람 냄새도 맡을 수 있다.

나는 가을방학을 누리는 아이처럼 천진하게 가을 풍경 속을 산책하고 있었다. 막내딸의 엉뚱한 한마디에 생각의 지평이 넓어지니 상상도 날개를 달고 가을 속으로, 가을 속으로 날아올랐다.

무릎 꿰맨 레깅스

빨래를 너는데, 막내 레깅스에 바느질이 돼 있었다. 회색 레깅스 무릎께를 꿰맨 면실 바느질은 얼기설기 어설펐다. 레깅스는 신축성이 좋아 몸에 딱 붙는데 무릎 부분을 바느질했으니 모양새가 한눈에 띌 수밖에 없었다.

설마 여덟 살짜리 막내딸이 무릎에 구멍 났다고 바느질을 했을까 싶어 물으니 "레깅스 꿰맨 건 난데, 왜 엄마?"라고 대답했다.

막내는 자신이 좋아하는 옷만 입었다. 낡아서 늘어지고 구멍이 나도 남들 시선 따위 신경 안 썼다. 이모나 고모가 사 준 치맛자락에 프릴 달린 핑크 톤 퍼프소매 원피스나 레이스 블라우스, 흰 바탕에 블랙 도트가 새겨진 반바지도 입지 않았다. 기껏 사다 준 화려한 새 발레복을 놔두고 동네 아델리아 언니가 준, 2년 뒤에나 몸에 맞을 법한 발레복을 어깨끈 묶어 스스로 줄여서 입고 다녔다. 오빠들이 입다가 던져 둔 티셔츠를 헐렁하니 좋다고 입고 다녔다. 화사하거나 단정하게 차려입혀 내보내고 싶은 꿈은 일찍이 포기한 터였다. 이제 레깅스 무릎까지 기워 입고 다닌다면, 누가 봐도 형편이 어려운 홍부네 막내딸 격이다.

남편이 사업한다고 미국으로 날아간 뒤, 홀로 일과 집안일에 쫓기며 삼 남매를 건사하느라 이것저것 챙겨 주지 못한 건 사실이다. 레깅스에 구멍이 난 줄도 몰랐다. 알았더라면 새로 사 줄 생각을 했지 꿰매 입힐 생각은 안 했을 거다.

　막내가 바느질을 시작한 건 다섯 살 때부터였다. 이불이건 옷이건 조금만 뜯어져도 그걸 들고 와선 "엄마, 이렇게 뜯어지면 좀 꿰매면서 살아"라며 반짇고리 갖다 놓고 꿰매던 아이였다. 바느질을 좋아하지 않는 나는 새로 사면 그만이라는 생각이었다. 바느질을 가르친 적도 없고 누구한테 배우게 한 적도 없는데 막내는 서툴게나마 곧잘 바느질을 했다. 그런 모습이 기특해 어설프게 바느질을 한 옷이며 이불을 잘했다고 칭찬하며 그대로 쓰곤 했다. 바늘에 찔려 아프다 달려온 적도 없으니 어쩌면 바느질이 천성인지도 모르겠다.

　빨래를 다 널고 다시 꿰맨 레깅스를 보고 서 있었다. 이걸 못 입게 해야 하나, 내버려 둬야 하나 조금 고민이 됐다.

　큰오빠에게 엄청 혼나고도 엄마한테 이르지 않고

닭똥 같은 눈물을 삼키는 막내는 스스로 잘 알아서 하는 아이였다. 초등학교 입학해서도 한글을 잘 모르는 데다, 객관식 문제가 어렵고 풀 줄도 몰라 무조건 문제 옆에 주관식 답만 쓰면서도 학교 가기 싫단 투정을 부리지 않았다. 놀이 중 친구들에게 싫다는 말을 하고 싶지 않아서 마냥 기어 다녀야 하는 고양이 역할을 아홉 번이나 해서 속상하다고, 자기도 주인공 역할을 하고 싶다는 말은 집에 와서야 하고, 그 얘기 듣고 밥 먹다 밥풀 튀기며 흥분하는 두 오빠를 말리며 몇 번이나 친구를 두둔하는 의리도 있었다.

아주 잠깐 학교 문방구에 홀렸던 때를 제외하고는 웬만해선 용돈을 쓰지 않지만, 오빠들 짜장면 사 줄 때는 곱빼기로 사 주고, 엄마가 늦잠 자는 주말이면 새벽녘에 일어나 아침 독서를 하라고 침대 머리맡에 책을 들이밀기도 했다. 일하는 엄마에게 의지하지 않고, 엄마가 오길 기다리며 바느질을 했을 것이다. 여덟 살 막내는 엄마가 일에 빠져 무심한 사이, 자신만의 방식으로 하루하루 알차게 살아가는 중이었다.

다음 날, 막내는 무릎 꿰맨 레깅스를 입고 학교에 갔

다. 가방 메고 나서는 막내에게 다른 옷 입으라고 말하지 않았다. 그런 옷은 집에서만 입으면 좋겠다는 말도 속으로 삼켰다. 새로 하나 사거나 다른 옷을 입는 일은 쉽고 간단하다. 그러나 자기가 꿰맨 옷 입고 당당히 학교에 간 일은 새 옷이 줄 수 없는 귀한 추억이다. 나중에 커서 돌이켜 보면 야무진 어린 시절의 자신을 자랑스러워할 수도 있겠다 싶었다. 타인의 시선을 의식하지 않는 동심의 새로운 한 페이지가 채워졌기를 바라며 내버려 두었다.

이심전심

　두 아들은 방학이면 안동발 서울행 기차를 탔다. 어린 시절, 서울에 살던 때부터 친했던 아들들의 친구가 평창동에 살고 있었고, 방학이 되면 그 집에서 일주일간 머물곤 했다.

　여름방학이 시작되어 두 아들이 서울로 가는 전날이었다. 막내딸은 오빠들이 자는 사이 책상 위에 짧은 메시지를 남겼다. 오빠들 서울에서 잘 놀다가 오라고 편지와 함께 생애 처음으로 두 오빠를 위한 용돈 이천 원도 올려 두었다. 평소 용돈을 아껴 쓰는 성미지만 나름대로 상경 길에 음료수라도 사 먹으라고 지갑을 열었던 것이다.

　다음 날 두 아들은 나와 막내딸이 직장과 어린이집에서 시간을 보내는 사이 서울로 떠났다. 저녁에 퇴근한 뒤 막내를 데리고 집에 돌아왔다. 두 아들이 없는 집은 고요했다.

　신발을 벗자마자 막내는 오빠들 방으로 달려갔다. 안방에 들어가 옷을 갈아입는데 "어어?" 하는 막내의 목소리가 들렸다. 대충 옷을 여미고 아들들 방으로 가 보니 막내가 책상 위에 그대로 놓인 용돈 이천 원을 들고

서 있었다. 마음이 전달되지 않아 시무룩해진 막내는 영문을 모르겠단 듯이 나를 쳐다보았다. 안 챙긴 건지, 못 챙긴 건지 몰라도 오빠들이 왜 그랬을까, 책상 위를 살피더니 작은 메모지 한 장을 발견했다.

'진아 고맙다'로 시작되는 두 아들의 짧은 편지였다. 막내는 돈을 내려놓고 편지를 들고 눈으로 읽어 내려갔다.

'오빠들이 서울에서 돌아올 때 진이 선물 사 가지고 올게. 돈은 오빠들 주지 말고 진이 과자 사 먹어. -오빠들-'

편지지 아래에는 막내가 좋아하는 애니메이션 캐릭터, 긴 머리를 바닥까지 늘어뜨리고 별빛 아래 서 있는 라푼젤까지 그려져 있었다.

"아…!"

용돈과 편지를 챙겨 안고 조용히 자기 방으로 돌아가는 막내의 두 눈이 글썽였다.

깜빡한 동생

선생님의 걱정은 뜻밖이었다.

"히터 나오니까 1층 도서관에서 기다리라고 해도, 꼭 2층 복도에서 기다리더라고요."

작은아들이 형을 기다리며 형 교실 바로 앞, 추운 복도에서 시린 손을 불어 가며 책 보는 게 안타깝다고 했다. 그동안 형은 이끌고 동생은 따르며 같이 학교에 잘 다니고 있구나 안심했다. 아침에 둘이 나란히 등교했다가 하교할 때는 함께 앞서거니 뒤서거니 언덕을 올라 집에 돌아오는 것도 큰아들의 형다운 경험과 작은아들의 순한 성미 덕분이라 믿었다.

선생님과 상담을 하고 보니 그간 무사 하교의 속사정에는 작은아들의 애틋한 기다림의 공이 컸구나 싶어 마음이 아렸다. 집에 돌아와 추운 날에는 형 기다리지 말고 먼저 집에 오라고 했지만 작은아들은 형이랑 같이 오는 게 좋다고만 했다. 굳이 2층 복도에서 기다리는건, 연거푸 형에게 실연당한 작은아들이 세운 자기만의 전략이었다.

처음엔 작은아들이 교문에서 형을 기다렸다. 하지만 형이 툭하면 자신을 지나쳐 먼저 가 버리거나 형이 가는 걸 발견하고서야 뒤따라 달려야 했다. 그마저도 학생들이 한꺼번에 우르르 나올 때는 저도 형도 서로를 찾기가 어려웠다. 선생님이 말한 따스한 1층 도서관에서 책을 읽으면 형을 놓치기 일쑤였다. 형이 깜박하거나 자신이 책에 빠져 잊어버렸다.

시행착오 끝에 아예 형 교실 바로 앞에 앉아서 진을 치고 기다리기로 한 거였다. 형이 동생을 데려오는 건지 동생이 형을 데려오는 건진 몰라도 그리 되었다. 추위 따위는 문제가 아니었다. 마침 복도에 서가가 있어 책을 읽으며 기다릴 수 있으니 시간 때우기도 좋았다. 다만 교실 목전에 진을 치고 있는데도 큰아들이 동생을 깜빡한다는 게 변수였다. 책을 보다가 형을 감시하다가 책을 보다가, 작은아들의 기다림은 그렇게 첩보 드라마의 연속이었다.

며칠 뒤, 큰아들이 학교에서 혼자 돌아왔다. 동생은 어디다 두고 혼자 오느냐고 묻자마자 큰아들은 도톰한 손바닥으로 자기 이마를 쳤다.

"으악, 깜빡했다!"

말이 끝나자마자 가방을 현관에 내던지고 부리나케

내달렸다. 깜빡한 동생을 찾아 언덕을 내려갔다. 같은 시각, 학교에서 혼자 형을 기다리던 작은아들은 끝내 형이 나타나지 않자 형 담임선생님에게 벌써 집에 갔다는 대답을 듣고서야 배신감을 삼키며 뒤늦게 언덕을 올라오는 중이었다. 헐레벌떡 동생을 찾아 언덕을 내려가던 큰아들은 다행히 동생과 마주쳤다. 안심이 됐던지 비실비실 웃었다. 작은아들은 원망과 실망과 허기와 숨참으로 하얗게 질린 얼굴로 언덕에 멈춰 서서 소리쳤다.

"형! 혼자 가 버리면 어떡해!"

"미안하다 동생아! 내가 너를 깜빡했다."

큰아들은 늘 그렇듯 넉살 좋게 동생의 어깨를 감쌌다. 화가 가라앉지 않은 작은아들이 한마디 더 보탰다.

"어이구, 무슨 형이 동생을 맨날 깜빡하냐?"

뒤늦게 동생을 만난 형은 안심했고 형을 마주친 동생 역시 애증의 형제애를 만끽했다. 추위 속에서 대책 없이 기다리더라도, 형이 자신을 못 알아보고 먼저 집에 가 버리는 배반을 당하더라도, 끝내 형과 함께 집으로 돌아오기를 포기하지 않았던 작은아들의 일념은 어른의 아량이 미치지 못하는 곳에서 빛나는 형제애의 발로였다. 우여곡절 끝 화해와 의리는 그들의 몫이겠다. 소중하고 영롱한 어린 시절 추억이자 형제의 역사일 게다.

이상한 공연

크리스마스를 이틀 앞둔 날 밤, 우리 부부의 오랜 친구가 여자 친구와 함께 놀러 왔다. 두 아들과는 아기 때부터 몸 장난치며 허물없이 지내던 사이였고, 아이들도 삼촌이라 부르며 살갑게 따랐다. 포토그래퍼인 그는 큰아들의 엉뚱하지만 진지한 면모와 작은아들의 섬세하지만 저력 있는 성향을 잘 꿰고 있었다. 두 아들이 엉뚱한 행동을 해도 호기심을 보였고, 지켜보며 반응해 주었다.

그날도 큰아들이 갑자기 집 안 의자를 모두 안방에 모아 놓고 두 줄로 열을 지었다. 뭐 하려고 그러느냐는 물음엔 대답도 없이 의자만 열심히 옮기고 줄을 세웠다. 그러더니 거실에 앉은 삼촌에게 이천 원을 내놓으라고 했다. 이게 무슨 놀이인가 싶은 삼촌이 돈을 건네자 이번엔 삼촌 여자 친구에게 또 이천 원을 받았다. 그 돈을 주머니에 쑤셔 넣으며 안방으로 들어가 의자에 앉으라고 했다. 삼촌 커플은 큰아들이 하라는 대로 지정한 의자에 앉았다. 어떤 놀이인가 싶기도 하고, 평소 엉뚱한 구석이 있는 녀석이라 지켜보기나 하자는 여유로운 심사였다. 안방엔 커튼이 내려져 있고 형광등도 꺼져 어둑했다. 남편과 나도 얼떨결에 안방 의자에 앉아 컴컴한 방 가운데

서 멀뚱하니 놀이의 정체가 밝혀지길 기다렸다. 의자에 앉자 시선은 절로 바로 앞 건넌방 문을 향했다.

집 구조가 특이해 안방과 건넌방 사이에 양쪽 여닫이 창문이 있었다. 창문이라기엔 문처럼 컸고, 문이라기엔 턱이 높은 창문이었다. 안방에서 그 문을 열면 옆방 풍경이 무대처럼 사각 프레임 속에 드러났다.

"이제 인형극을 하겠습니다!"

이천 원씩 걷은 돈은 인형극 입장료였다. 그렇다면 강제로 돈을 걷고 공연을 하겠다고 외친 큰아들이 뭔가를 보여 주려나 하고 기대로 숨을 죽였다. 입장료 받아 내랴, 관객 객석으로 안내하랴, 또 공연도 하랴 그 노력이 가상하다며 고대하고 있는데, 갑자기 어정쩡하게 관객석에 앉으려고 자릴 찾고 있는 동생을 불러 세웠다.

"재익아, 넌 그 자리가 아냐. 아니라고."

의자에 엉덩이를 붙이려다가 어정쩡하게 동작을 멈춘 작은아들이 왜 그러냐는 듯 돌아보자 큰아들은 그걸 모르겠냐는 듯 지령을 내렸다.

"이제 공연해야지!"

뜻밖의 배역 선정에 작은아들은 정황을 따질 겨를

도 없이 얼떨결에 건넌방으로 이동했다. 한때 같이 살던 아이들 이모가 인형극을 한 덕분에 집에는 양쪽 끝에 쇠막대를 달아 조종하는 애벌레 인형과 손을 끼워 넣어 조종하는 청개구리 손 인형이 있었다. 여동생은 높은 문지방 아래 엎드린 채 손으로 인형을 조종해 안방에 앉은 두 아이에게 인형극을 보여 주곤 했다. 어린이집에 다니다 중퇴한 두 아들은 이모가 없어도 인형을 꺼내 흉내를 내며 놀았다. 놀이 삼아 인형극 실력을 갈고닦아 온 셈이었다.

작은 아들은 이미 준비된 애벌레 인형을 들고 여윈 몸을 바짝 수그린 채 무대 위로 두 팔을 들어 올려 인형극을 시작했다. 왜 내가 이걸 해야 하느냐는 의문도 없었다. 공연을 추진한 큰아들은 그제야 한숨 돌리는 중이었다. 돈도 챙겼겠다, 배우인 동생도 인형극을 시작했겠다, 관객은 몰입 중이겠다, 여유 있게 주머니에 구겨 넣었던 돈을 꺼내 정리했다.

삼촌 커플에게 공연료를 갈취한 것은 물론, 동생을 강제로 무대로 등 떠밀고 정작 자기는 받은 돈을 세고 있는 큰아들. 대체 어디서부터 어떻게 무슨 말로 꾸중을 해야 하나 할 말을 찾지 못했다. 다행히 평소 형제를 귀애하는 삼촌 커플은 큰아들의 기획력과 추진력이면 어디 가서도 살아남겠다며 칭찬으로 마무리했다. 형 때문에 졸지에 인형극 배우가 되어 방바닥을 기다시피 엎드려 들어 올린 두 팔로 애벌레 연기에 예술혼을 불태워야 했던 작은아들 역시 협동심이 높고 적극적이라며 칭찬을 들었다. 그 바람에 뻔뻔하기 그지없는 공연업자 큰아들도, 형 말이라면 군말 없이 들어주는 배우 동생도 웃음으로 막을 내렸다.

그 가을 불타는 의리

큰아들은 안방 화장실에서 볼일을 보는 중이었다. 거실 화장실을 두고, 오늘따라 내가 원고 작업하고 있는 안방에서 이러나 싶은데, 큰 볼일을 보는지 한참을 나오지 않았다. 큰 볼일 같으면 애당초 거실 화장실에서 볼 것이지 참 예측 불가하다 감탄했다. 그도 그럴 것이 어릴 적부터 장군 같은 체형만큼이나 큰 볼일의 결과물도 거나했을 뿐 아니라 냄새 또한 진하고 오래갔던 몸이시니 그런 처지를 자각한다면 일부러 안방에 들어와 화장실을 차지하고 앉을 일은 애당초 아닌 것이다. 볼일 보던 놈에게 나오랄 수도 없으니 읽던 책을 내려놓고 공연히 충전하던 휴대폰을 들여다볼 때였다. 막내딸이 연달아 보낸 메시지를 그제야 발견했다.

'엄마, 나 발레 수업 오늘은 안 가면 안 돼?'가 첫 메시지였다. 덜컹 내려앉은 마음에 걱정이 일었다. 오늘 힘든 수업이 있었나, 아니면 피곤한가, 그것도 아니면 학교에서 친구들끼리 불쾌한 일이 있었나? 발레 수업 하기 20분 전인데 지금은 어디서 뭘 하나…. 짧은 순간 떠오른 복잡한 생각을 멈추고 이어지는 메시지를 읽을 여유도 없이 막내에게 전화를 걸었다. 목소리를 듣고 싫었다.

　"지금은 발레 수업하러 강당 앞에 있어. 걱정 마. 엄마."

　역시나 기운이 없었다. 무슨 일이냐는 물음에 이따 집에 와서 말해 준다고 대답하는 목소리가 애잔했다. 힘들고 놀라서 문자를 보냈을 텐데 엄마는 묵묵부답이고, 혼자서 가슴앓이를 하며 수습했을 심정을 생각하니 더욱 미안해졌다. 걱정되고 궁금하니 지금 말해 달라고 했더니 울먹이며 한 시간 전, 메시지를 연달아 보낼 당시에 일어난 사건에 대해 운을 뗐다.

　"어떤 남학생한테 이마를 맞았어…."

　이렇게 나에게도 학교 폭력 사태가 닥쳐오는구나, 가슴이 뛰었다. 대체 무슨 일이 있었느냐고 다그치고 말았다. 흥분한 나머지 막내가 뭐라고 대답을 하기도 전에 거푸 추궁도 했다. 막내는 급기야 울먹였다. 말과 울음이 뒤엉켰다.

　학교 운동장에서 수업 끝나고 친구들과 놀고 있는데, 친한 친구가 한 남자애를 가리키며 저 애는 여학생들이 놀 때마다 괴롭힌다고 고발을 하더란다. 그래서 여자애들이 다 피해 다닌다고. 친구 좋아 학교 다니는 막내가 친구를 위해 앙갚음을 하겠다고 그 남자애에게 달려갔다.

"야! 너 여자애들 좀 괴롭히지 마!"

그리고 그 남학생을 발로 찼단다. 아닌 밤중에 홍두깨라고 갑자기 달려온 여학생이 자기를 발로 차니 그 남학생도 "넌 뭐야!" 하고 막내딸 이마를 치는 반격을 가한 모양이었다. 듣고 보니 막내가 일방적으로 당한 게 아니었고 먼저 공격한 셈이었다.

사태는 측은하나 흥분은 수그러들었다. 친구를 위해 의리에 불타 용기를 낸 막내도 막상 맞고 보니 아프고 무서웠던 거다. 그 일로 기분이 좋지 않아 그런 문자를 보낸 거라고 했다. 다행히 둘이 그 자리에서 서로 화해했다고 말할 즈음엔 막내도 차분해졌다. 그러니 이제는 곧 시작할 발레 수업에 갈 거라고 말이다.

막내를 위로하고 타이른 뒤 사태가 일단락된 데 안심하며 전화를 끊고 그제야 가슴을 쓸어내리는데, 냄새가 진동했다. 아니나 다를까 화장실 문이 벌컥 열려 있었다. 한마디 하려고 보니 욕실은 텅 비어 있었다. 화장실에서 나가는 걸 본 적이 없는데 어느새 사라진 걸까,

불러 봐도 대답이 없었다. 우선 향초를 두 개나 켜 놓고
다시 이 방 저 방을 다니며 큰아들을 찾았다. 체구로 치
자면 나라 구할 장군감인 녀석이 흔적도 없이 소리도 없
이 연기처럼 사라진 거였다.

큰아들 방엔 가방도 휴대폰도 그대로였다. 교복을
갈아입지도 않은 채였다. 마침 전화벨이 울렸다. 큰아
들이었다.

"엄마! 진이 집에 왔어?"

수화기 너머에서 다급한 목소리가 울렸다. 막내는
발레 수업 들으러 갔다, 그러는 넌 어디냐 했더니 "응, 진
이 학교!"라며 외쳤다.

화장실에 있던 애가 언제 거기 가 있는 건지. 잠시
뒤, 큰아들은 씩씩거리며 집으로 들어왔다. 믿을 수 없
을 만큼 빠른 속도였다. 집에 돌아오자마자 큰아들은
냉장고에서 주스를 꺼내 병째 벌컥벌컥 들이켜며 한마
디 했다.

"그 녀석 잡으면 가만 안 두려 했는데!"

큰아들이 사라진 자초지종은 이러했다. 큰 볼일에
열중하던 큰아들은 나와 막내딸의 통화를 들었다. "무

슨 일 있었어?", "남학생한테 이마를 맞았다고?", "네가 가만히 있었는데?", "그래서?" 등등을.

하여 큰아들은 해도 저물어 가는 가을 저녁에 막내동생이 학교에서 어떤 동급생한테 이마를 맞고 울고 있는 처지라고 판단했다. 그래서 통화 중인 엄마한테 한마디 알릴 여유도 없이 화장실 문을 박차고 집을 나선 거였다. 긴급 사태에 따른 긴급 출동이니만큼 큰 볼일 냄새가 안방을 진동시키는 사소한 민폐 따위는 신경 쓸 겨를도 없었던 것이다.

큰아들은 집에서 나와 언덕을 달려 내려가서는 동생 초등학교까지 도로를 내달렸다. 감히 내 막냇동생 이마를 친 녀석을 기필코 찾아내 응징하고야 말리라는 의분에 가슴을 활활 불태우면서. 내 동생은 내가 지킨다는 형제애의 의분을 품었을 테니 그 달리는 모습이 얼마나 빠르고 절박했으랴. 하나 교문 앞에서 경비에게 저지당하자 어쩔 수 없이 집으로 전화를 걸어 본 거였다. 혹시 막내가 집에 왔냐고.

친구를 향한 막내의 의리도 불타거니와, 막냇동생에 대한 큰오빠의 의리는 더욱더 불탔던 그 가을 저녁을 생각하면 안방에 진동하던 뭉글한 냄새와 함께 이전에도 이후에도 그렇게 빠른 동작을 보인 적이 없는 큰아들의 날랜 몸놀림이 두고두고 놀라울 따름이다.

열혈 사춘기

스케치 속 여자는 정면을 응시하고 있었다. 여자의 몸을 번들거리는 굵은 뱀이 휘감고 기어 올라가고 있었다. 가슴은 D컵이다 싶을 만큼 컸고 과장되게 가는 허리에 탄탄한 허벅지는 쩍 벌린 채였다. 당연히 여성의 주요 부위가 버젓이 보였고, 디테일도 더해 노골적이었다. 놀란 가슴을 추스르며 애써 웃음까지 머금고 누가 그린 거냐고 물었다. 큰아들은 대답 대신 "아아!" 하고 비식 웃었다.

"학교에서 그려서 난리 난 그림이 이거였구나? 짜식!"

그러고는 스케치에 머리를 박고 번들거리는 시선으로 음미했다. 엄마가 옆에서 대답을 기다리는 중이라는 사실은 신경 쓰지 않았다. 학교에서 난리 난 그림이라는 말은 또 뭔가 싶어 한 번 더 놀라는 중이었다. 집에서 엄마가 봐도 가히 충격적인 스케치 한 장이 이미 교실에서 공개된 바 있다니 이를 어쩌나 낭패를 당한 듯한 느낌이었다.

그림의 작가는 작은아들이었다. 기척을 느꼈는지 어느새 달려온 작은아들이 허겁지겁 종이를 낚아채 갔다. 뭐라 묻고 말을 걸 사이도 없이 스케치도 작은아들도 사라지고 없었다. 큰아들은 피식피식 웃으며 작은아들을 따라 방을 나갔고, 나만 홀로 할 말을 잃고 두근거리는 가슴으로 서 있었다. 사춘기 아들을 키우는 망연함에 외로움마저 밀려왔다.

내게 두 아들은 여전히 어린 연년생 사고뭉치 형제로 멈춰 있는지도 몰랐다. 아장아장 걷는 두세 살이거나 제멋대로 달려가 버리는 네댓 살, 아니면 모래벌판을 뒹굴며 눈을 집어 먹던 예닐곱 살이었다. 세월은 흘렀다. 공룡을 수집하고 곤충이 좋아 숲을 돌아다닐 때는 이미 지났다. 내 가방 끈을 부여잡거나 옷자락을 잡고 뒤따라 다닐 나이도 벌써 지났다. 그래, 두 아들은 사춘기다.

내 마음속 아들과 실제에서 오는 괴리감으로 조금은 현기증을 느끼던 밤, 어쩌면 이건 기특한 사건인지도 모른단 생각에 이르렀다. 갈고닦은 실력이 일취월장해 이제는 어려운 인체도 섬세하게 그리게 되었다. 능숙해진 실력으로 반 친구들의 이성에 대한 호기심을 해소해 주었으니, 숨어서 야한 잡지 몰래 훔쳐보는 것보다는 주도적이다. 예술적 재능과 상상의 나래까지 펼친 게 아닌가, 이만하면 사춘기의 건강한 분출이라고 위안해 본다.

밤 11시가 넘었는데, 두 아들 방에서 키득거리는 소리가 온 집 안에 울려 퍼진다. 문득 저 녀석들은 내 아들이기보다 이 지구상의 어린 수컷, 사춘기를 관통하며 한 사내로 폭풍 성장하고 있음을 직시한 바, 그제야 두 눈 감고 잠을 청할 수 있었다.

세상의 종말

집 안에 정적이 감돌았다.

'학교에 늦었다!'

큰아들은 세수랍시고 얼굴에 물만 두어 번 묻히고는 수건으로 쓱쓱 문질렀다. 서둘러 교복을 껴입고 책상 위의 필통이며 교과서와 노트를 가방에 쓸어 담은 뒤 신발을 꿰어 신고 황급히 2층 계단을 소리 나게 달려 내려갔다.

평창동 900여 미터 언덕을 걸어 내려가는 동안 인적이 하나도 없었다. 뿌옇게 습기 찬 안개만 자욱했다.

'역시나 학교에 늦었다!'

큰아들은 더욱더 급한 걸음으로 언덕을 내달렸다. 허겁지겁 도착한 버스 정류장에도 정적이 감돌았다. 인적은 물론 버스조차 좀체 올 기미가 보이지 않았다. 이대로 기다리느니 차라리 걷기로 했다. 평창동에서 부암동으로, 부암동에서 청운동 학교까지 걸어가는 동안에도 사람이라곤 보이지 않았다. 도로 위를 달리는 자동차도 몇 대뿐이었다. 그쯤 되자 큰아들은 단순한 지각의 차원이 아니란 걸 직감했다. 뭔가 더 크고 심각한 사태라고 온몸으로 느꼈다.

'종말이 온 거야! 그럼 이 세상에 나만 혼자 살아남은 건가?'

큰아들은 위기를 직감하며 40여 분을 성큼성큼 걸어 학교에 도착했다. 학생이라곤 하나도 없었다. 물론 교사도. 그 누구도.

'하루 사이에 도대체 세상에 무슨 일이 일어난 걸까?'

정적이 감도는 학교 복도는 유난히 길었다.

'이럴 바엔 집에서 가족을 찾았어야 했나. 종말이라면 학교는 왜 왔지?'

만감이 교차하는 사이, 복도를 걸으며 큰아들은 다시 한번 이 사태에 대해 생각해 보았다.

'지구상에 남은 한 사람이 나일지도 모른다. 그렇다면 나는 무엇을 하고 이후엔 어떻게 될 것인가.'

목이 바짝 타는 생소한 두려움에 정복당하는 사이, 복도에서 인기척이 들렸다. 외계인이거나 괴물인가 했지만 같은 교복을 입은 학생이었다. 그 학생도 살아남은 게 분명했다. 큰아들은 놀라움에 두 눈이 번쩍 뜨이고 자신이 살아 있음을 실감했다. 생판 모르는 학생이 그렇게 반가울 수 없었다. 세상의 종말에 살아남은 사람이 자신

말고도 한 명 더 있구나, 말이라도 걸어 봐야겠다 싶었다. 먼저 말을 걸어온 건 그 학생이었다.

"굉장히 일찍 왔구나. 새벽 5시에 학교 오는 사람은 나뿐인 줄 알았는데…."

큰아들은 멍해진 눈으로 그 학생을 바라보았다.

큰아들은 평소에도 세상의 시간과 기준에는 관심을 갖지 않았다. 주변 정황이나 시선에도 아랑곳하지 않았다. 스님이 되거나 신부가 되거나 전통 공예를 하는 장인이 되거나, 산속 깊은 곳에서 인생의 근원을 탐구하는 도사가 될 법한 아이였다. 그렇다고 열일곱 혈기왕성한 고등학생이 지각인지 종말인지 새벽 등교인지도 구분 못할 정도로 착각과 상상력이 남다른 줄은 몰랐다.

그날 새벽, 큰아들과 그 학생은 다른 친구들이 등교할 때까지 두 시간 동안 이야기를 나눴다. 새벽 내내 학교 복도에서 무슨 이야길 했는지, 새벽에 공부하려고 자주 일찍 온다는 기특하기 그지없는 학생이 누구인지 묻지 않았다. 그날의 느낌과 대화는 그들의 추억으로 남겨 둬야 할 것 같았다. 다만, 새벽에 일어나 시계도 확인하지 않고 식구들이 잠자는 방문 하나 열어 보지 않고 종말

운운하며 학교까지 걸어간 큰아들의 경험은 두고두고 추억이 될 것임엔 틀림없었다. 엉뚱하기가 내 아량과 혜안을 초과하니 그저 이게 모두 큰 인물 되려는 징조려니, 극한의 긍정으로 안도의 한숨을 내쉴 뿐이다.

도토리 키 재기

학교에서 돌아온 막내딸은 흥분해 있었다.

"다른 애들은 늘 백 점을 맞으니까 그냥 이름 부르고 점수 불렀는데, 나는 선생님이 내 이름을 부르고는 점수를 부르자마자 박수를 치는 거야. 친구들도 박수 치고 좋아하고 말이야!"

막내딸이 2학년이 되고서는 처음 받아쓰기 백 점을 받았다. 초등학교 1학년 땐 담임선생님한테 벌써 공부가 힘들면 대학은 어떻게 갈 거냐는 꾸중을 듣기도 했지만 거뜬히 다녔다. 자기대로 적응하고 부딪치며 어느새 2학년이 됐고, 다른 애들은 쉽게 받는 받아쓰기 백 점을 또 어렵게 받아내고야 말았다.

막내딸은 담임선생님들이 안타까워해 마지않는 학생이었다. 다른 건 다 잘하는데 유독 공부만 못하는 건 엄마의 관심과 애정이 부족해서라는 충고도 더러 들었다. 직업이 작가라는데, 그럼 책과 가까운 데다 알 만큼 알 텐데 뭐 하시느냐는 뜨악한 시선도 받았다. 학창 시절 공부 잘했던 남편은 아이들에게 공부하란 잔소리는 하지 않았다. 남편은 공부는 하라고 해서 하는 게 아니라 해야겠다 할 때 하는 거라는 걸 알았고, 공부에 취미가 없었던 나는 내가 안 했으니 잔소리를 안 하는 중이었다. 엄마, 아버지의 실전 철학 여파로 막내가 공부에 관심을 보이지 않은 걸까. 그건 아닐 것이다.

백 점이나 칭찬 스티커에 얽매이지 말고 공부든 뭐든 하고 싶은 일에 집중하라고 막내딸에게 누차 말했다. 길다면 길고 짧다면 짧은 인생, 여유 있게 누리며 즐겁게 살기를 바랐다. 선생님도 학교도 상관없이 네 맘대로 놀라는 뜻이 아니라는 정도로는 새겨들었을 것이다. 어쨌거나 건강하고 잘 놀고 학교 잘 다니니 된 거라고 우리도 자신도 자족하며 살아가는 중이었다. 그러느라 아이도 나도 힘들고 버거운 고비도 있었지만 그게 사는 것 아니겠는가. 얻는 게 있으면 잃는 것도 있는 법. 대세에 따르지 않으면 고달픈 대가를 치러야 하는 법이다. 선택에 책임이 따르는 이치는 나도 막내도 겪어 본 터였다.

2학년이 되고 처음으로 받은 백 점은 그래서 뜻깊고 각별했다. 1학년 때처럼 고군분투 끝에 스스로 이루어 낸 공부의 결과였으니 칭찬받아 마땅했다.

"거봐. 하면 된다니까!"

나는 등을 두드려 주었다. 인생에도 각자의 개성은

물론 속도가 다르듯 공부도 그런 것일 테다.

공부 잘하게 생겼지만 안 하는, 낼모레 고등학생이 되는 덩치 산만 한 큰아들의 반응은 뜻밖이었다. 속으로 그냥 듣고만 있다가 칭찬이나 해 주지 싶은데 웃으면서 알은척을 하며 이상한 소릴 했다.

"야, 초등학교 저학년 때는 웬만하면 공부 안 해도 점수 나와. 나도 그랬어."

기가 막힐 노릇이었다. 대한민국에 단 하나, 너만은 그런 말을 할 처지가 아님을 하늘이 알고 우리가 안다. 그런 진실을 저만 모른단 말인가? 그렇다면 이거야말로 강적이다 싶은데, 형의 성적의 역사를 꿰뚫고 있는 작은 아들이 성토했다.

"형이 그랬다고?"

막내 앞에서 큰오빠 체면 구길까 봐 억지로 참고 있는 나와 달리 작은아들은 일침을 놓았다.

"형은 그때도 지금도 그런 적이 없는데?"

어럽쇼, 정작 큰아들은 동생의 일침에 한 치도 흔들리지 않고 잠시 바라봤다. '내가 그렇게 못했다고?' 하는 뚱한 눈치였다.

하도 당해 이쯤 되면 할 말을 잃고야 마는 작은아들
은 슬그머니 일어났다. 바위에 달걀을 치느니 달걀의 길
을 가련다는 심정으로. 막내도 큰오빠의 말이 충고인지
칭찬인지 몰라 어벙벙한 모습으로 뒤따라 일어섰다. 박
수받아 마땅한 백 점이 왜 집에 와서는 뜻밖에 논란이
되는지 도통 모르겠다는 표정이었다. 자신이 받은 백 점
으로 시작된 성적 이야기가 어째 큰오빠의 부진한 성적
의 기억으로 비약이 되는지 이해 불가한 듯했다. 왜 안
그렇겠는가.

　나와 큰아들만 멋쩍게 남았다. 아무리 봐도 큰아들
은 자신의 처지를 전혀 파악하지 못하는 만큼이나 왜 두
동생이 슬그머니 등을 돌리고 자리를 뜨고야 마는지도
모르는 눈치였다. 이 녀석, 생각보다 더 강적이다.

어떤 개고생

막내딸이 초등학교 1학년 때 받아쓰기로 고생할 때도 그러려니 했다. 얼마간 의기소침해졌지만 열심히만 하면 백 점을 맞을 수 있단 것도, 어제의 백 점이 내일을 보장해 주는 게 아니니 늘 연습해야 한다는 것도 경험했다. 그렇게 한글 받아쓰기 고비를 넘기고 2학년 내내 받아쓰기는 알아서 연습하고 공부해 왔다. 점수는 백 점이었다 아니었다 들쭉날쭉했어도 나름 무난하게 학교에 다녔다.

"엄마, 책이 열한 권이나 돼."

초등학교 3학년이 되고 교과서를 이틀에 걸쳐 나눠 들고 오더니 막내가 소리쳤다.

"뭔, 애들한테 공부만 하라 하려고!"

불평을 듣다가 알게 된 뜻밖의 진실은 막내딸이 영어 알파벳을 헷갈려 한단 거였다. 의문을 넘어 뜨악한 지경이었다.

세 살 때부터 할 말 또박또박 다 하면서 탁월한 구사력을 선보여 왔는데 언어 학습엔 흥미가 없다는 게 의아했다. 유치원에서 2년, 집에선 늘 원어로 만화와 영화를 봤다. 영어 주제곡을 발음도 그럴듯하게 곧잘 따라 불렸고, 영어에 능통한 아버지가 발음과 리듬을 칭찬할 정도였는데 알파벳을 모른다니. 결혼해 남편과 살다 발등 찍혔다 싶은 적은 많아도 딸 키우면서는 괜찮구나 여유 부리는 중에 발등을 찍히고 만 심정이었다. 어디 그뿐이랴. 한글 받아쓰기라는 구부 능선을 넘으니, 영어 십부 능선에 떡하니 맞닥뜨린 듯했다.

주말 오전에 막내와 대형 서점에 갔다. 알파벳 교재와 딸이 아끼던 〈겨울왕국〉 영어 그림책도 사고 영어 노트도 샀다. 막내딸은 서점 한편 카페에 산 것들을 늘어놓고 단어장에 이름을 적은 후 알파벳을 물어물어 더듬더듬 써 내려갔다. 'name'이 무슨 뜻이냐고도 물었다. 좋아하는 아이스크림을 앞에 두고 막내딸은 모르는 걸 받아 적느라고 볼이 상기됐다. 아이스크림이 녹기 시작하는데도 아랑곳하지 않았다. 수년 전 큰오빠가 한글을 몰라 얼굴 벌게져서 알림장을 그리던 때처럼 열심이었다. 집으로 돌아오는 버스 안에서는 시무룩해 보였다.

"야, 3학년이 알파벳도 모른다고?"

서점에 다녀온 뒤 영어 자습서와 단어장을 보고 내력을 알게 된 작은아들은 흥분했다. 형이야 하도 기가 막힌 공부 실력자이신지라 애당초 포기했다 쳐도 어여쁜 동생마저 그 지경인 것은 두 눈 뜨고 못 보겠다는 각오였다. 저녁으로 먹던 카레 그릇을 황급히 비우더니 막내를 자기 방으로 불러들였다.

"당장 오빠 방으로 와!"

막내딸은 달아오른 볼로 책과 노트를 우겨 안고 오빠 뒤를 따라 들어갔다. 방문은 거칠게 닫혔다. 작은아들의 방에서 호통과 신음 소리가 들려왔다. 혹독한 영어 레슨이 시작된 것이다.

어린 시절부터 외국 아이들과 게임하느라 영어를 절로 터득한 작은아들은 고등학교에서도 영어 선생님의 귀여움을 받는 실력자였다. 영어 에세이도 곧잘 써서 작은아들이야말로 실생활에서 외국어를 익힌 모범이라며 반 친구들에게 인정받던 즈음이었다. 작은아들은 자신만만하게 알파벳 익힐 때 발음도 같이 익혀야 된다며 꼬박꼬박 발음도 따라 하게 했다.

그 와중에 큰아들은 엉뚱한 참견을 하고 나섰다. 꾸중만 듣는 여동생이 측은했던지, 기어이 한마디 한다는 말이 "야, 벌써 그렇게 많이 가르쳐도 되나?"였다. 작은아들은 영어 22점 맞는 형 말에 상관하지 않고 레슨에 집중했다. 가재는 게 편이라 했지. 자신의 영어 실력 역시 여동생과 맞먹다 보니 동병상련이었을 게다.

편을 들 때가 있고 안 들 때가 있지. 가만히 있으면 과거사를 회상할 필요도 없고 점잖아 보이기라도 할 텐데 애써 가르치려는 동생한테 숟가락을 얹길 왜 얹느냐 하는 부글거림은 밖에서 엿듣던 내가 더했다.

30여 분이 흐른 뒤 드디어 문이 활짝 열리고 막내딸이 해방이라도 된 듯 한숨을 쉬며 방에서 튀어나왔다. 아니 작은아들이 그제야 석방시켜 줬다고나 할까. 막내딸은 나오자마자 한마디를 내뱉었다.

"이게 무슨 개고생이야!"

부모보다 더 무섭고 엄혹한 형제의 이름으로 진행된 막내딸의 영어 공부는 '개고생'으로 명명되었다.

성장의 시간

아침부터 막내딸에게서 긴 문자가 왔다. 여러 달째 지방에서 다큐멘터리 작업을 하느라 주말에만 집에 돌아가던 때였다. 삼 남매가 알아서 잘 지내고 전화 통화도 드물어 무소식이 희소식이려니, 재택근무하는 남편도 있으니 마음 편히 일에 집중하는 중이었다. 문자를 보낸 것도 새삼스러운데 내용은 더 심상치 않았다.

'엄마, 나 학교 안 가면 안 돼? 나 요즘 너무 힘들어. 친구들이 자꾸 나 무시하고 이제 나를 찾는 친구도 없어. 자존감도 떨어지고 이제 학교가 너무 무서워. 엄마, 보고 싶어.'

전화를 걸었다. 막내딸은 울먹였다. 우선은 오늘 결석을 하고 어떻게 할지 같이 생각해 보자고 달랬다. 며칠 밤을 새우며 최종 편집을 하던 중이라 당장 집으로 돌아갈 수도 없는 처지였다.

막내딸은 친구와 노는 걸 가장 행복하게 여기는 아이였다. 친구들은 양보 잘하고 잘 웃기고 힘들 땐 위로해 주고 한쪽만 편들지 않는 막내딸을 좋아했다. 학원 가는 친구들이 시간을 때울 때, 혹은 친구네 집까지 가는 길에 동행하며 말동무를 하던 아이였다. 다른 애들은 학원 다니고 공부하느라 빠듯한데 내 딸만 한량처럼 이 아이 저 아이 맞춰 놀아 주고 하염없이 홀로 친구를 기다리는 것이 불만스럽고 불안할 때도 있었다. 순한 마음이 오히려 친구들에게는 쉬운 아이로 보이도록 하는 게 아닌가 염려하니 딸은 모두 자신이 좋아서 하는 일이라고만 했다.

담임선생님과 통화를 했다. 며칠 전 미술 시간에 한 아이가 "넌 그림 그리는 것 빼곤 할 줄 아는 게 없잖아!"라고 반 친구 모두에게 들리게 외쳐서 주의를 준 적이 있는데, 막내가 가만히 있길래 씩씩하게 넘기는구나 했지 그렇게 상처받은 줄은 몰랐다고. 사정을 듣고 나니 온갖 자책이 몰려와 마음이 아팠다.

마침내 집으로 돌아오니 막내딸은 통화를 했을 때와는 달리 진정돼 보였다. 막내딸에게 이것저것 궁금한 것들을 조용히 물어보며 대화했다.

"그 아이가 누군진 모르지만 크게 틀린 말은 아닌데? 넌 그림 잘 그리잖아."

"응."

"집에 와서 공부는 안 하고 학원도 안 다니니까 공부

는 못하는 거고."

"응."

엄마에게 울먹이며 털어놓고 나서 그동안 막내딸도 진정이 됐던지 제법 덤덤하게 인정했다. 나중엔 비식 웃기까지 했다.

"친구를 좋아하고, 장난도 잘 치고, 잘 웃기고, 만들기도 잘하고 체육도 잘한다는 걸 빼먹었지만 말이야. 그렇지?"

막내를 비난한 아이는 평소 자주 어울리며 노는 친한 친구였다. 친구가 뜬금없이 반 아이들이 다 있는 데서 그런 말을 했다는 게 막내로서는 이해하지 못할 일이었다고 했다. 우정이란 게 이런 식이라면 친구들이 무섭다고도 했다. 마음이 두 개일 수 있는 게 참 이상하다고. 그래서 할 말을 잃고 가만히 있었던 거고, 시간이 지나 집에 돌아와 생각해 보니 화가 나다가 급기야 친구도 학교도 세상도 무서워지기 시작했던 거다. 엄마에게 문자를 보내고 찬찬히 생각해 보고 나니 이젠 좀 괜찮아졌다고.

또 어떤 아이는 언제나 두세 명의 친구를 대동하고 무리지어 다니며, 자기가 원하는 바를 같이 하거나 들어주지 않으면 왜 그러느냐고 물고 늘어진다고도 했다. 여러 명의 아이들이 자신에게만 뭔가를 강요하는 것처럼 여겨져 무섭고 싫었지만 이젠 단호하게 거절하며 소리칠 용기가 생겼다고 했다. 다행히 자기편을 드는 착한 친구도 한 명 있다고 말이다.

그날 밤, 막내는 수십 개의 문자를 받았다. 친구의 미안하다는 문자와 또 다른 친구의 위로 문자였다. 수십 개의 위로 문자는 넌 착한 아이고 멋진 아이다, 힘내라, 힘들면 내가 도와주겠다는 길고 긴 우정의 메시지였다. 막내는 그 메시지를 보여 주며 어두운 얼굴에 미소를 피웠다. 이 친구가 바로 다른 애들이 자기를 괴롭힐 때 너희 진이한테 왜 그러냐고 편들어 주던 친구라며 자랑했다. 힘든 마음은 잊고 진정한 친구를 만난 걸 더 기뻐하는 눈치였다.

뒤늦게 이 사실을 안 두 오빠는 격정적인 위로를 분출하고야 말았다. 먼저 큰아들은 위협적으로 포문을 열었다.

"앞으로 그런 일이 다시 생기면 딴말 필요 없고 걔네 집 찾아가서 가만 안 둔다고 말해."

　큰오빠의 으름장에 막내는 두 눈을 반짝였다. 작은
아들도 "그 말도 못하겠으면" 하고는 비장한 각오로 뜻
밖의 대책을 발표했다.

　"그냥 큰오빠 얼굴을 보여 줘 버려!"

　막내는 웃음을 터뜨리고 말았다. 그 말을 한 작은아
들도, 얼굴의 주인공인 큰아들도 덩달아 웃었다. 동년
배보다 늙수그레한 인상에 여드름이 솟아난 거친 피부,
장군감이라 불리는 체격이 막냇동생을 위한 협박의 무
기로 쓰일 줄은 미처 몰랐다는 듯 실실 웃었다.

　절망적이고 외로웠던 일이 우정의 재발견을 거쳐
두 오빠에게 이르러서는 막강한 대책과 파안대소할 일
로 마무리됐으니 이보다 더한 위로가 어디 있으랴. 상처
는 깊었으나 두 오빠의 강력한 경호까지 더해졌으니 아
물기 마련. 물보다 진한 피로 맺어진 형제애를 통한 대
안이라면 더할 나위 없지 않은가. 든든한 호위무사가
두 명이나 자신을 비호하고 있으니 막내의 특권을 새삼
실감했을 것이다.

　막내의 아픔은 형제애의 발견으로 승화되었다. 막내
딸을 위해 일을 그만둬야 하나 전전긍긍하던 나 역시 우

정과 형제애에 의지해 고민을 일단락 지을 수 있었다. 그나저나 기초 체력과 전문 기술을 무기로 삼는 경호원은 봤지만 얼굴 하나로 버티는 사례는 본 적이 없는데, 이쯤되면 신종 무기의 탄생인가. 큰아들의 맏이로서의 대활약이 뜻하지 않게 빛나는 행복한 결말이기도 했다.

나비의 용기

공연 약속을 한 건 늦가을이었다. 수녀님은 막내딸에게 크리스마스 때 발레 공연을 해 보는 게 어떻겠냐고 물었다. 발레 학원에 다닌 지 고작 일 년, 공연이라곤 지난봄에 학원 친구들과 단체로 나비 역할을 해 본 게 다였다. 어디서 그런 용기가 생겼는지 그런 건 아무 일도 아니란 듯 막내딸은 아주 천진하고 수월하게 외쳤다.

"네에!"

수녀님은 기특하다며 커다란 아이스크림 하나를 사 줬고 막내딸은 그 대가가 얼마나 막대한지는 알 리 만무한 채 아이스크림을 먹어 치웠다. 그날부터 나는 속으로 어떤 준비를 하고 무엇을 도와줘야 하는지 막중한 숙제 앞에서 고심 중이건만 정작 막내는 잊어버린 듯했다.

가을이 가고 겨울이 오자 약속한 시간도 다가오고 있었다. 이제 공연 준비를 해야겠다고 운을 뗐더니 막내딸은 금세 얼굴에 먹구름이 끼더니 뭘 해야 하냐고 물었다. 부랴부랴 집 근처 오래된 수선집 할머니에게 발레복 등에 날개를 달아 달라 주문했지만 실패였다. 나비 날개의 핵심은 날개를 펴는 거였는데, 할머니가 미처 그걸 계산하지 못하신 거다. 다시 나비 날개를 수선해 찾아왔지만 그보다 더 중요한 문제는 따로 있었다. 3분짜리 단독 공연인 만큼 안무가 필요했다. 황급히 발레 선생님을 찾아갔다. 선생님은 올봄에 공연했던 발표회에서 막내딸이 참여한 파트를 3분짜리로 만들어 여러 날 함께 연습해 주었다. 마지막 날에는 동영상을 보내 주며 격려하는 것도 잊지 않았다.

"무대에 올라가면 넌 한 마리 나비가 되는 거야. '난 나비다'라고만 생각해, 알았지? 번데기에서 날개를 펼치는 나비 말이야."

남은 건 막내 스스로 집에서 연습하는 것이었다. 막내딸은 투정 부리지 않고 연습했다. 하지만 공연 당일이 다가오면서 예상했던 심정을 드러냈다.

"엄마, 무서워."

후회된다고도 했다. 하지만 공연을 하는 수밖에 방법이 없었다.

마침내 크리스마스이브가 되었다. 오랜만에 두 오빠는 단장을 하고 나섰다. 잘하라거나 격려 같은 인사는 건네지 않았다. 무심한 듯 따라나섰다가 "꽃 한 다발 살까?" 하더니 꽃집에서 꽃다발을 챙겨 들었다. 그러는 동안, 막내는 나비 발레복을 입고 외투를 걸치고 미용실에서 무대 분장까지 했다.

밤이 되자, 공연을 보기 위해 청중이 하나둘 대성당으로 모여들었다. 발레 선생님도, 친구들도 객석에서 손을 흔들었다. 긴장했던 막내딸은 선생님과 친구를 보고는 활짝 웃었다. 수녀님도 말없이 막내딸의 어깨를 다독였다. 마지막 점검을 하는 분장실에서 막내는 낭패한 얼굴이었다.

"엄마, 나 떨려."

혼자 감당해야 할 무대가 막내딸 앞에 버티고 있었다. 피할 수 없는 감정에 맞닥뜨리고 있었다. 그것은 여섯 살 생애 처음으로 독무대를 마주한 떨림과 두려움이었다. 순서가 다가와 막내딸은 드디어 무대로 올라갔다. 무대에 홀로 선 딸은 더욱 작아 보였다. 바이올린 연주가 시작되고 첫 동작을 시작했다.

마치 30분 같은 3분이 흘러갔다. 다행히 막내딸은 실수 없이 공연을 마쳤다. 오빠들과 선생님, 친구들의 인사를 받고 꽃다발을 들고 집으로 돌아왔다. 생애 첫 독무대를 무사히 마친 것이다.

집에 돌아온 막내딸은 인생의 허들을 하나 넘은 듯 침대에 쓰러져 누웠다. 몸은 고단해 보였지만 눈빛은 빛났다. 무대를 누비며 날아다니느라 지친 나비의 젖은 눈빛 같기도 했다. 혼자 치러 낸 첫 공연에 다양한 빛깔의 감회를 자신만의 추억으로 새기도록 시간을 줘야 할 것 같았다. 오늘의 긴장과 열정, 거기에서 비롯된 피로, 희열과 함께 잠드는 게 좋겠다 싶었다. 이불을 다독이고 말없이 돌아서는 나를 향해 막내가 말을 걸었다.

"엄마, 내가 어떻게 무사히 공연을 했는지 알아?"

"어떻게?"

좀전까지만 해도 지쳐 보이던 막내딸의 얼굴에는 새삼 생기가 돌았다.

"지난번 공연할 때 친구들과 다 같이 했잖아. 그땐 무대가 두렵지 않았거든? 그래서 혼자지만 무대 위에 친구들이 다 함께 있다고 상상했지. 그래서 그런 거야!"

고백을 마치자마자 그제야 무대의 막이 내린 듯 막내딸은 스르륵 눈을 감았다. 거대한 마법의 비밀을 고백한 마법사가 힘을 잃고 기절해 버리는 것처럼 깊은 잠에 곯아떨어졌다. 잠든 딸 앞에 선 내 가슴이 꿈틀거렸다. 생각지도 못한 비밀을 듣고 나니 나 역시 새로운 일 앞에서 두려워하지 않을 것 같은 용기가 일었다. 용기를 주는 자도 용기를 얻은 자도 용감해지는 것이다. 크리스마스이브, 그 밤의 첫 독무대와 고백과 용기는 딸이 건넨 크리스마스 선물이었다. 어린 소녀의 용기가 용기 있는 어른을 탄생시킨 날이기도 했다.

동심의 초대

에릭 사티의 '녹턴 1번'이 집 안 가득 울려 퍼지고 있었다. 삼 남매가 없는 고즈넉한 시간도 오래간만이었다. 주말 이른 저녁이었고, 언덕진 이층집 창문을 열어젖히고 지는 저녁노을을 바라보면서 모처럼 오디오 볼륨을 높였다. 노을과 고요 속에서 집 안 가득 울려 퍼지는 사티의 녹턴, 그리고 엄마도 아내도 아닌 나 자신과 마주하는 평화로운 순간이었다.

"엄마, 엄마!"

일시에 고요와 평화는 깨지고 말았다. 막내딸의 목소리에 이어 두 아들이 대문을 지나 자갈 깔린 정원을 밟고 현관으로 달려드는 발소리가 시끌벅적했다. 작은 아들이 현관에 서서 숨을 고르면서 외쳤다.

"엄마, 지금 빨리 공원에 가 봐. 빨리!"

큰아들도 말 대신 얼른 공원으로 가 보자는 간절한 재촉의 눈빛으로 숨만 고르고 서 있었다.

집 가까이에 공원 겸 약수터가 있었다. 새벽과 저녁, 두 번에 걸쳐 정해진 시간 몸에도 좋고 수질도 인정받은 약수를 떠 가려고 주민들이 손수 또는 자전거나 차를 끌고 들통이며 생수 통을 들고 오는 공원이었다. 넓은 모래 바닥에 운동기구와 아이들 놀이 기구가 종류별로 있었고, 공원 가장자리에는 소박하니 소나무와 꽃나무가 둔덕을 이루며 잔디 정원을 꾸며 놓은 곳이었다. 굳이 약수를 떠 가지 않더라도 어른들은 가벼운 산책과 운동을 하고 아이들은 뛰어놀기에 좋은 공간이었다. 매일 저녁 삼 남매에게도 심부름 삼아 놀이 삼아 약수터에서 물을 떠오라고 부탁했다. 들고 나갔던 물통은 보이지 않고 빈손으로, 그것도 헐레벌떡 이렇게 급하게 엄마를 부를 일이 뭔가 궁금했다. 말해 주기 전에는 묻지 않으리라, 얼른 달려가 현장을 확인하는 게 흥분한 삼 남매에 대한 예의 같아 겉옷을 급히 걸쳐 입고 공원으로 같이 내달렸다. 앞서 달리던 삼 남매는 연신 엄마가 오는지 뒤돌아 확인했다. 공원에 다가갈수록 궁금증이 커져 나도 덩달아 어린아이처럼 달려갔다. 좁은 동네 골목엔 나와 아이들이 공원을 향해 달리는 숨소리와 발소리로 분주했다.

달려가는 동안 참지 못하고 앞서 달리는 삼 남매에게 소리쳤다.

"왜? 무슨 일 있어?"

"일단 가 보면 알아!"

작은아들은 그렇게만 외쳤다. 공원에 도착해서야 큰아들이 처음으로 입을 뗐다.

"봐! 우리가 놀이터 바닥에 그림을 잔뜩 그려 놨어. 지워지기 전에 엄마 보여 주려고!"

삼 남매가 흥분한 이유가 내 눈앞에 펼쳐졌다. 넓은 공원 모래 바닥에는 나무 막대기로 그린 삼 남매의 동심이 가득했다. 불을 뿜는 거대한 용과 거기에 맞서 싸우는 기사, 가이버, 건담과 뱀과 개구리가 그려져 있었다. 그림도 그림이지만 캐릭터 하나하나 크기가 아이들의 몸집 두세 배는 되었다. 공원 바닥 가득 그린 거였다. 원시인이 그린 본능적인 벽화를 만나듯 아이들이 그린 놀이터 모래 바닥에 그려진 거대한 그림들을 보고 서 있으니 가슴이 벅찼다. 한편에는 삼 남매의 이름도 나란히 새겨 놓았다. 화가의 그림 한쪽에 찍힌 정갈한 인장처럼.

노을이 지고 어둠이 내릴 때까지 그림을 구경했다. 그림을 그린 두 아들은 그제야 용과 건담과 뱀과 개구리에 대해 설명했다. 어떤 만화에 나오는 어떤 캐릭터인데 어떤 힘이 있는지, 얼마나 용맹한지 열띠게 전했다. 그

♡

림 세상에 초대된 나는 모래 바닥의 그림들이 살아 있는 것처럼 상상할 수 있었다. 이상한 나라의 앨리스나 오즈의 마법사 속 도로시가 된 듯 공원 바닥에 펼쳐진 동심의 화폭에서 잠시 어른임을 잊었다. 아이들이 걷거나 뜀뛰며 설명하는 그림을 다가가 살펴보느라 나 역시 아이가 되었다.

"저 그림이 내일도 그대로 있으면 좋겠다!"

막내딸은 다시 한번 두 오빠의 그림들을 애잔하게 바라보았다.

노을이 지고 어두운 밤이 돼서야 우리는 물통을 챙겨 들고 다시 집으로 돌아왔다. 큰아들은 자랑스럽게 말했다.

"엄마, 그런데 우리가 그린 그림을 할머니들이 그냥 밟지 않고 비켜서 지나가시더라?"

작은아들과 막내는 큰아들의 말에 고개를 끄덕였다.

그날 밤, 넓은 공원 모래 바닥에 그림 그리느라 고단했던지, 아니면 예술혼을 불태우느라 기운을 잃었던지, 아이들은 어느 날보다 열심히 저녁밥을 먹고 일찌감치 곯아떨어졌다. 한밤중, 삼 남매가 잠든 집 안은 다시 고

요해졌다.

　세상에 하나뿐인 놀이터 모래 바닥을 캔버스 삼아 멋진 작품을 남긴 삼 남매. 셋의 그림이 그려진 놀이터는 밤새 잠들지 못하는 건 아닐까. 모두가 잠든 깊은 밤, 슬그머니 생명의 기운이 깃들어 하나둘 깨어나는 것이다. 공원 모래 바닥은 구름을 품은 하늘로 펼쳐지겠지. 행성들이 유유한 우주여도 괜찮겠다. 기사는 공주를 위해 불을 뿜는 용과 싸우고 거대 개구리는 용사를 돕고, 로봇은 누구 편을 들까? 뱀은 불을 뿜는 용을 보고 도와주고 나중엔 서로 친구가 되어 지구를 구하는 용사로 거듭나려나? 그런 판타지가 실현되지 말란 법은 없지. 세상모르고 잠든 세 아이 역시 자신들이 그린 그림의 세계로 들어가 주인공들과 신나게 모험 중일지도 모른다. 그림이 그려진 놀이터나 그림 속 주인공들, 잠든 삼 남매, 삼 남매에게 초대받은 나 역시 오늘 밤은 상상 속에서 마음껏 놀게 됐다. 현실과 상상, 어른과 아이라는 경계를 모두 내던지고 함께 노는 것이다. 아아, 졸리다.

이야기 셋.

어른의 옷을 벗으면 우린 모두 아이가 된다

아이를 보고 자라는 어른

남편은 1970년대 초반 수유리 출신이다. TV 드라마 〈응답하라 1988〉에 나오는 동네 분위기가 남편이 살던 동네와 똑 닮았다. 미음 자 한옥 아래채엔 두 가족이 세 들어 살았고 연탄 난방을 했다. 음식을 하면 세 들어 사는 집과 당연히 나눠 먹었고, 세 살다 이사 가고 나면 주인집 패물이나 귀한 장난감이 없어지곤 했지만 그러려니 하던 시절이었다. 먹고살 길을 찾아 상경한 온 가족이 한방에서 기거했고 도둑질도 흔했지만 닦아세우지 않는 인정스러운 시대였다.

영화로는 〈말죽거리 잔혹사〉에 나오는 거친 청소년이기도 했다. 〈응답하라 1988〉 동네에 〈말죽거리 잔혹사〉 캐릭터를 조합하면 남편의 청소년 시절이 된다. 고등학교에서 전교 상위권 성적을 유지하던 남편은 싸움도 잘해 수유리에서 이름깨나 날렸다고 한다. 남편의 여동생은 그런 오빠 덕분에 중·고등학교를 보이지 않는 경호를 받으며 편하게 다녔다. 패싸움에 휘말려 경찰서에 끌려간 적도 있는데, 학교 선생님들이 성적이 우수한 학생을 포기할 수 없었는지 어찌 사정을 해 무사히 나올 수 있었단다. 남편은 몸이 재빠르고 가볍고 지능적이라

쉽게 넘볼 수 없는, 싸움 좀 하는 학생이자 우등생이라는 극과 극을 겸비한 청소년기를 보낸 몸이시다.

말보다는 몸이 앞서고 따스한 마음을 드러낼 때조차 입이 거칠었던 시절을 품고 사는 남편을 만난 건 이십대 후반이었다. 남편과 어린 시절부터 친구인 죽마고우가 일 년 내내 입을 다물고 있다가 어느 날 애절한 눈빛으로 처음으로 한마디 했다.

"저런 놈을 왜 만나세요?"

콩깍지가 씌인 때인지라 그저 나를 위한 친구의 애정 어린 조언으로 받아들였다. 결혼하고 나서야 그때 그 말을 새겨들었어야 했다는 절박한 깨달음에 수없이 가슴을 쳤다. 그때 그 한마디가 나를 비극의 수렁에서 건져 주는 죽비 같은 참소리였음을 통감한 적이 셀 수도 없다. '수영 금지'라고 쓴 푯말을 세워 뒀는데도 옷 벗고 물에 첨벙 뛰어든 꼴이었다.

친구의 염려대로 남편은 거칠었고 제멋대로였다. 좋으면 좋고 싫으면 티를 냈다. 같이 다니기도 같이 살기도 참 불편한 사람이었다. 더러 그럴 거면 왜 결혼했느냐고 다그치면 실실 웃으며 "너 아니면 결혼 안 했지,

너니까 했지!"로 일축해 버렸다.

　뭐가 마음에 안 드냐 묻는다면 석 달 열흘을 떠들 수 있겠지만 다 제쳐 두고 욕만은 그만뒀으면 싶었다. 본인은 입에 밴 그 한마디가 추임새에 가깝다는 주장을 일관되게 펼쳤다. '아이 씨발'이 추임새라니! 이 네 음절은 운전하다가도, 물건을 고치다가도 한숨처럼 자연스럽게 나왔다. 영화를 보면서도 '저 배우는 욕을 해 본 적이 없구먼' 할 정도로 욕의 리듬이나 찰진 어조에는 조예가 깊었다. 욕 좀 하지 말라고 지적하면 어떨 땐 부부 싸움이 됐고 어떨 땐 그러마고 했지만 고쳐지지 않았다. 아들들이 행여 따라 할세라 아이들이 보고 배운다고 사정해도 '사내아이들은 욕 좀 해도 괜찮다'며 능쳤다. 고쳐 사느니 참고 사는 게 낫다 싶어 포기하는 지경이 되고 말았다.

　하루는 막내딸이 혼자 점퍼 지퍼를 올리고 있었다. 뭐든지 "내가 할게!"라거나 "내 거야!"를 남발하던 당시 네 살에게 지퍼 올리기 역시 엄마가 도와줄 필요 없는 독자적인 영역이었다. 고개를 수그린 채 작은 두 손으로 지퍼를 맞춰 올리기 위해 애쓰고 있었다. 웬만하면 엄마에게 맡기면 될 것을 포기하지 않았다. 몇 번을 해도 지퍼가 잘 올라가지 않자 이 모든 상황을 한번에 해결할 역사적인 한마디를 내뱉었다.

"아이 씨발!"

집 안에 정적이 감돌았다. 나도, 두 아들도, 남편도 할 말을 잃고 막내를 바라보았다. 네 살 난 여자아이의 발음치고는 너무나 정확하고 노련했다. 막내딸은 이것이야말로 일이 내 맘대로 안 돼서 열받을 때 하는 말인데, 왜 다들 놀라나 하는 표정이었다. 일상적인 추임새라는 듯, 늘 듣던 말이라는 듯, 아버지가 자주 하는 말이라는 듯이 말이다. 아이 앞에서는 냉수도 못 마신다더니, 욕이야 오죽하랴. 아무리 달래고 얼러도 끄떡하지 않던 남편이 결국 어린 딸의 입에서 거침없는 욕이 찰지고 맛나게 터져 나오는 꼴을 직면하고야 말았다.

남편의 입에서 기다리고 기다리던 결심이 흘러나왔다.

"이젠 나도 말조심해야겠어."

이런 날이 올 줄은 꿈에도 몰랐다. 10년 묵은 체증이 싸악 가신 듯 마음이 가벼워졌다. 어른은 아이 보고 배운다더니 옛말 하나 틀리지 않았다.

☆

비밀의 끝장

안동에 살던 시절, 날 좋은 가을이면 탈춤 축제가 열렸다. 이틀에 한 번꼴로 밤마다 폭죽이 터졌고, 밤에도 음악 소리가 쿵쾅거리고 골목에 사람들이 몰려다녔다. 막내딸은 애가 탔다. 우리도 탈춤 축제에 한번 가 보자고, 다른 애들은 다 간다며 졸랐지만 아무도 반응이 없었다.

"이럴 땐 집에서 노는 게 차라리 나아."

용돈을 준대도 두 아들 역시 축제고 뭐고 집에 있는 게 상책이라고 일축했다. 막내는 더욱 울상이 되었다. 미루다 보면 축제가 끝나겠거니, 막내도 잊어버리겠거니 했지만 아니었나 보다. 성 밖을 바라보며 바깥세상을 동경하는 라푼젤처럼 창밖에서 터지는 폭죽을 바라보며 축제에 가고 싶은 열망을 포기하지 않았다. 서울에 가 있는 남편이 돌아온들 축제장에, 게다가 주말에 나들이 갈 리 만무했다. 결국 보다 못한 나는 금요일 밤 퇴근 뒤 막내 손을 잡고 축제장으로 향했다.

찬 가을바람이 부는 밤인데도 사람들이 북적였다. 특산품이나 옷, 공예품을 파는 난장이 서고 가로수 길에는 연탄불에 고등어를 굽는 식당들이 줄을 이었다. 무대

한편에서는 노래자랑이 한창이었다. 들어서자마자 인파와 소리와 구경거리에 피곤해진 나와 달리 막내는 소란한 축제장을 신나게 구경했다. 두 눈을 반짝이며 멈춰 선 곳은 아니나 다를까 장난감을 파는 곳이었다. 강아지가 캉캉캉 짖어 대는 건전지 들어가는 조잡한 장난감이었다.

이런 싸구려 장난감은 사지 않겠노라 약조했건만 그걸 어긴 건 정작 나였다. 요란한 축제장을 당장 벗어나고프다는 생각에 "이걸 사면 집으로 가도 되겠어?"라고 물었고 딸은 고민할 것도 없이 그러겠다고 했다.

오천 원을 주고 분홍색 장난감 강아지를 딸의 품에 안겨 주었다. 막내딸은 돌아오는 택시 안에서 만족한 듯 강아지 장난감을 끌어안았다. 마치 그 장난감을 사려고 축제장에 온 아이처럼 흡족한 얼굴이었다. 한창 집을 향해 달리는 택시 안에서 막내딸은 문득 "엄마, 아버지한테는 비밀로 해 줘" 했다. 길거리 상품에 민감한 아버지가 떠올랐나 보다.

'그래, 그럼 우리끼리 비밀이야.'

이럴 땐 또 편들어 줘야지 싶어 비밀 파수꾼이 되겠

노라 은밀히 고개를 끄덕였다. 두 사람이 한 사람을 겨냥해 비밀을 공유하는 것도 은밀한 즐거움이다 싶은데, 막내딸이 뜻밖에 속사정을 털어놓았다. 지난번 운동회 때 친구가 이 강아지를 사서 가지고 놀길래 무척 부러웠다고, 자기는 돈도 없었고, 엄마, 아버지도 안 와서 사 달라 조를 사람도 없었다고, 그런데 축제장에서 그 강아지를 다시 만나 무척 반가웠다고.

　　다음 날 남편이 서울에서 돌아왔다. 막내는 하루 종일 평소처럼 잘 노는데, 비밀을 공유한 나는 강아지 장난감이 눈에 띨까 조마조마했다. 내내 혼자 가슴을 졸였지만 별일 없이 한밤중이 되었다. '이렇게 무사히 하루가 가는구나' 안심하고 남편과 〈대니 콜린스〉라는 영화를 보고 있었다.

　　"아버지, 지금 바빠?"

　　막내딸이 보여 줄 게 있다며 안방 문을 열었다. 그림을 그렸거나 점토로 뭔가를 만들었나 보다 했다. 남편도 그런 기대로 영화를 멈추고 기다렸다. 잠시 뒤, 태엽이 감기는 서툰 기계음이 들리더니 아뿔싸, 열어 놓은 안방 문 앞에 까앙까앙 짖는 요란한 싸구려 장난감 강아지가 등장했다. 물이 엎질러진 것처럼 비밀이 까발려지는 순간이었다.

"그런 걸 뭐 하러 샀냐?"

남편은 역시나 같잖다는 듯 시선을 거두고 다시 영화에 집중했다. 녀석, 나한텐 비밀이라더니 귀띔도 없이 까발리다니 배신감이 들다가도 도둑이 제 발 저렸나 보고만 있는데, 막내딸의 다음 말이 나를 더욱 외롭게 했다.

"아아, 이제 속 편히 살겠다!"

'그거 비밀이라고 하지 않았어?'

나의 뜨악한 시선은 거들떠보지도 않았다.

아이나 어른이나 비밀을 끌어안고 사는 건 못할 일인가 보다. 아버지가 뭐라고 하든 진실을 폭로한 자는 해방감을 만끽하는 중이었다. 장난감 강아지를 안고 막내는 가벼운 걸음으로 사라졌다. 비밀을 투척한 자 앞에서 아직도 비밀을 간직한 자의 소외감은 상대적으로 컸다. 이럴 줄 알았으면 내가 먼저 폭로해 버릴걸. 모녀의 깨진 약속과 비밀을 지키던 자의 고독을 알 리 없는 남편은 다시 영화를 보기 시작했다. 나는 영화고 뭐고 고독과 외로움을 달래 줄 일기장을 펴 들었다.

한창 저녁을 먹고 있을 때였다. 유리가 깨지는 파열음이 강하게 울려 퍼졌다. 조금만 기다리면 밥 먹으러 오겠다며 욕실에서 능장을 부리던 막내딸이 분명했다. 먹던 밥숟가락을 내던지고 욕실로 달려갔다. 욕실 바닥에는 콜라 병이 깨져 산산조각 나 있었다. 병 안에 담았던 걸로 보이는 빨간 물감을 푼 붉은 액체는 유리 조각과 더불어 낭자하게 사방으로 튀어 있었다. 타일 바닥뿐 아니라 세면대, 변기, 욕조에도 튀어 전위예술 현장 같았다. 그 한가운데 막내딸은 낭패한 얼굴로 우두커니 있었다. 뒤늦게 쫓아온 두 아들도 할 말을 잃고 어쩔 줄 몰라 했다.

"위험하니까 일단 나와."

나는 막내딸과는 눈도 마주치지 않은 채 이걸 어찌 치우나 황망하게 둘러보았다. 풀이 잔뜩 죽은 막내딸이 조심스레 걸어 나왔다. "엄마, 미안해"라고 중얼거렸지만 귀에 들어오지 않았다. 유리 조각을 담을 비닐봉지를 챙겼다. 수건 하나를 손에 두껍게 말아 쥐고 욕실 바닥에 쪼그리고 앉았다. 큰 것부터 대충 비닐봉지에 담는 동안 화가 치밀었다. 그 많은 날을 두고 하필이면 오늘

인가 싶었다.

　엎친 데 덮친다고 오늘 하루는 원고 수정이며 생방송 진행이며 고단한 하루였다. 이런 날은 밥을 간단히 해 먹고 가능한 한 일을 내일로 미룬 채 조용히 잠들기만 고대했다. 화나고 불평한 마음이 일을 그르치는가. 검지가 욱신거린다 싶더니 손가락 안쪽 끝이 그만 유리에 스치고 말았다. 검붉은 피가 질끈 흘러나왔다. 걸레를 집어 던지고 한숨인지 울음인지 모를 소리를 내며 눈물까지 글썽이고 말았다. 어쩌다 나는 이렇게 아등바등 사는데도 저녁밥 한 그릇 온전히 먹지 못하는가. 집이고 일이고 뭐고 두 다리 뻗고 마음껏 울고 싶었지만 그마저도 할 수 없는 처지였다.

　생방송 작가로 일하며 삼 남매를 혼자 건사하는 일은 늘 긴장의 연속이었다. 지역에 큰 행사가 있어 야외 이동 방송을 준비하던 며칠 동안 과로로 예민해진 터였다. 뒤늦게 자신이 평생 하고 싶었던 일을 해 보고 싶다는 말에 남편이 미국으로 혼자 떠나는 것도 응원했다. 직장 일에 집안일에, 남편이 떠나고 나니 버거운 일상이 이어졌고 그날은 나 홀로 한계에 다다랐다.

엄마의 소리 없는 폭발을 느꼈는지 막내딸이 등 뒤에 서 있었다. 일부러 그랬겠어? 사고인걸. 측은했지만 피로하고 화난 마음이 더 컸다. 미처 딸을 안심시키거나 위로해 주지 못했다. 짧은 한마디도 건넬 수 없을 만큼 괴팍한 심사였다.

한밤중이 돼서야 목욕탕 청소를 마치고 부엌 정리도 끝냈다. 두 아들은 잠들었고 막내딸 방에도 불이 꺼져 있었다. 남편이 있었다면 나 대신 막내를 보듬었을 일이었다. 차 타고 나가 동네라도 한 바퀴 돌든지 아이스크림이라도 하나 사서 들고 와 다 같이 먹었더라면 한 고비 넘겼을지도 모를 일이었다. 내내 미안해 고개를 숙이고 다니던 막내의 마음을 다독여 줘야 잠들 수 있겠다 싶었다. 그것 역시 아이의 마음을 다독이는 게 아니라 나의 흥분과 노고를 다독이는 일인지도 몰랐다. 안방으로 향하던 발길을 돌려 막내 방으로 조용히 들어갔다. 캄캄한 방에서 막내는 깨어 있었다.

"엄마, 아깐 정말 미안해!"

스탠드를 켠 막내가 먼저 운을 뗐다. 막내는 자신의 실수가 엄마를 많이 힘들게 했다는 사실에 내내 기가 죽었던 것이다. 입 밖으로 꺼낸 말이라기보다 마음속 외침이었다. 이번엔 내가 미안해졌다. 막내딸과 스탠드 불빛 아래 마주 앉았다. 피로와 화의 원인이 마치 병을 깨뜨린 데 있다는 듯 딸에게 잘못을 전가하고 말았다. 그저 조심히 타이르고 치우면 될 일이었다. 아니면 우선 밥부터 마저 먹고 나서 좋아하는 음악 틀어 놓고 찬찬히 치우면 되는 일이었는데 말이다. 그제야 물어볼 게 생각났다. 아까 깨진 콜라 병에 담긴 빨간 물감 푼 물은 뭐 하느라 만든 거였냐고. 막내의 대답은 나를 동화 속으로 이끌었다.

"그건 마법의 묘약이었어."

마법의 묘약이라니. 생각해 보니, 얼마 전 거실 책장에 미니어처 위스키 병이 하나 있었다. 파란색 물감을 푼 물이 들어 있기에 뭐냐고 물었더니 막내는 자기가 만든 마법의 약이라고 했다. 그 전에는 풀잎을 찧어 유리병 안에 넣어 두면서 해독약이라 한 적도 있다. 그런 이력을 거쳐 이번엔 다시 한번 큰 콜라 병에 빨간색 물감을 풀어 마법의 묘약을 조제했던 것이다.

막내딸은 마법의 세계에 살고 있었나 보다. 여섯 살

의 어리고 영롱한 기운을 담아 마법사가 되어 사용할,
이 세상에 유용한 마법을 부려 줄 묘약을 만들고 있었나
보다. 하나 그만 유리병이 깨지면서 꿈이 산산조각 나
버린 것이었다. 나는 그런 동화 같은 소망은 꿈에도 모
르고 소리만 안 질렀지 오만상을 찌푸리고 화를 냈다.
말로 안 한 것뿐이지 그 표정에는 온갖 짜증이 역력했을
것이다. 소리 없는 원망이 어리다고 안 읽혔을까. 딸은
실수였다 쳐도 나의 반응은 생각할수록 염치가 없었다.
뭘 하려고 그랬는지, 왜 만들었는지 물어보고 애써 만든
묘약이 엎질러져서 얼마나 속상하냐고 어린아이의 상
상을 존중해 주는 어른이 되기가 그렇게 어려웠던 것일
까? 그런 흔들리는 마음으로 작은 마법사에게 사과하며
위로했다. 아무리 위대한 마법사라도 실수와 실패 끝에
완성하는 거라고. 그러자 딸은 다른 대답을 했다.

"엄마, 배고파…."

밤 10시 30분. 부엌으로 가 라면을 끓였다. 막내는
따스한 라면 한 그릇을 엄마와 마주 앉아 먹는 것으로
오늘의 화해가 완성됐음에 안심했다. 이 평화를 얻기까
지 오늘 저녁은 짧고도 길었다. 이제는 일과 일상에 지

친 고단한 어른의 틀에 갇히지 않고 사랑을 지켜 갈 수 있을 것이다. 그러다 보면 더러 오늘 같은 우여곡절이 찾아올 테지만 그 끝에는 허심탄회한 순간도 오리라. 내 안에 그런 인내와 지혜가 생기는 마법의 묘약은, 사랑을 일으키는 존재는 바로 지금 내 앞에서 허겁지겁 라면을 먹는 딸임을 깨달았다.

분노의 방식

안방은 나만을 위한 공간이었다. 미국에 가 있는 남편의 물건도 옆방으로 옮겼다. 하얀 시트를 씌운 침대와 책상이 있었는데, 그 책상 앞에는 내가 좋아하는 엽서와 그림을 붙이고, 좋아하는 문구와 명언, 사고 싶은 물건 리스트, 잡지에서 오린 사진까지 붙였다. 꽃병에는 동네 할머니네서 얻어 온 장미와 나뭇잎을 풍성하게 꽂고, 스탠드 옆에는 내 별자리를 상징하는 하얀 사자 조형물을 놓았다. 남편 없이도 삼 남매와 용맹스럽게 살아가자는 나름대로 의미심장한 결의가 담긴 것이었다. 책상 아래에는 남편이 선물로 사 주고 간 녹색 구두가 박스째 놓여 있었다. 안방은 '나'라는 존재를 위해 꾸민 유일한 공간이었다. 내가 좋아하는 것 외의 물건이나 행동은 금기였다.

금기를 깬 건 여섯 살 막내딸이었다. 며칠 전 놀러 온 지인의 딸이 안방에 달려 들어가 막내딸에게 물었다.

"언니, 여기 낙서해도 돼?"

막내딸은 나에게 눈길 한번 주지 않고 자기 방인 양 "으응!" 하고 허락하고 말았다. 둘은 들고 있던 크레파스로 벽에 그림을 그렸다. 하필이면 침대 바로 옆이었고 머리가 긴 공주 그림이었다. 긴 머리는 바닥에 닿았고 치맛자락은 여섯 살 여자아이의 키만 했다. 동그랗고 큰 두 눈에는 별이 두 개나 들어 있었다. 말이 공주지 잠이 덜 깬 눈으로 본다면 귀신이나 다름없었다. 두 오빠에 이어 막내에 이르기까지 대대로 허용돼 온 낙서지만 안 방만은 안 된다는 걸 알면서도 거침없이 그려 댔다. 도 배를 다시 하지 않는 한 침대에 누울 때마다 그 거대 공 주를 마주쳐야 했다. 나만의 공간은 그렇게 훼손당하고 말았다.

　안 그래도 막내딸이 요 며칠 얄밉게 굴었다. 본래 느 긋하고 점잖진 않았지만 따박따박 말대꾸하고 밴들거 리는 도토리같이 하루 종일 어지르고 돌아다녀 두고 보 자 하던 차였다. 그날은 남편과 국제전화 통화를 하다 다퉈서 기분도 좋지 않았다. 음악을 크게 틀어 놓고 안 방에 박혀 있었다. 막내딸은 뭐 하냐, 같이 놀자, 산책 가자, 주스 만들어 달라 보챘지만 문 닫으라고, 지금 그 럴 기분 아니라고 내뱉고 말았다. 아무리 화가 나고 급 한 일이 있어도 막내딸 요구라면 덜컥덜컥 들어주던 아 버지와 달리 성질부리는 엄마가 못마땅했던지 "엄마 미워, 엄마 싫어!"라고 외쳤다. 안방의 거대한 공주 낙서는 어떡할 거냐는 닦달도 아직인데 화는 자기가 먼저 낸다.

잠도 안 자고 왔다 갔다 분주하던 막내딸이 갑자기 당돌하게 안방 문을 열어젖혔다. 화가 단단히 난 얼굴이었다. 막내의 손에는 언제 가져갔는 줄도 모를 내 휴대폰이 들려 있었다. 딸은 휴대폰 재생 버튼을 누르고 내 귀에 갖다 댔다.

"자 들어 봐. 내 마음이야!"

바로 앞에 서 있는 막내딸의 목소리가 휴대폰에서 흘러나왔다.

"엄마 미워. 울어도 미워. 엄마가 다시 착해진다 해도 미워!"

실제 막내딸과 막내딸의 마음을 전하며 떠들어 대는 녹음 파일 속 막내딸, 두 존재를 생각하니 이러다 종내에는 두 개가 아니라 세 개, 네 개로도 복제돼 대들 건가 싶은 묘한 위기감이 들었다.

막내딸이 휴대폰으로 녹음을 한 건 내 직업의 영향이었다. 라디오 다큐멘터리 작업을 하면서 취재부터 가편집에 원고까지 직접 처리했다. 현장에서 인터뷰나 녹음을 하고 돌아오면 집에 와서도 녹음 파일을 가편집하느라 듣고 또 듣고 자르고 다시 듣기를 반복했다. 원고를 쓰고 나서는 내레이터처럼 내 목소리로 낭독해서 들으면서 원고를 고쳐 쓰기도 했다. 그런 작업 과정을 여러 번 본 막내딸이 어찌 녹음하는 기술을 터득했는가 보다. 난 가르쳐 준 적이 없는데 말이다. 서당개 삼 년이면 풍월을 읊는다더니 라디오 다큐멘터리 하는 엄마를 보더니 막내딸이 엄마에 대한 항의를 녹음해서 들려주는 날이 올 줄이야. 그럼, 나도 녹음해서 하고 싶은 말 답장으로 들려주랴? 다 녹음하면 네 불만과는 비교도 안 되게 엄청 길걸? 그걸 다 들어 보겠니?

구절구절 따지다가 나도 모르게 웃고 말았다. 여섯 살 어린이와 벌인 언쟁은 다 큰 어른인 나마저 여섯 살로 만들어 버렸다. 막내는 그런 나를 보더니 문득 눈물을 글썽였다. 엄마에게 직접 말하고 싶지 않을 정도로 화가 났다고, 그래서 녹음해서 들려주는 거라고 울먹이며 고백했다.

세대 차이라고 하지만 내 자식을 키우고, 화내고 화해하는 일에도 세대 차이가 있을 줄은 몰랐다. 그러니

섣불리 우리 기준으로 생각하고 판단하는 발상을 버려야 하나 싶다. 아이들은 우리 시대를 통과해 그들의 미래에 살고 있으니까. 그 세계에서 웃고 분노하고 성장할 테니까. 어쩌면 지금이야말로 진정한 방목의 미덕을 발휘해야 할 때인지도 모를 일이겠다.

"엄마, 일단! 나한테 사과부터 해!"

막내딸은 돈 안 갚은 빚쟁이 대하듯 나를 닦아세웠다. 이쯤 되면 성질 죽이고 일단 사과부터 해 놓고 보자 싶어 속없는 웃음까지 지었다.

"그래애, 무슨 일인진 모르지만 엄마가 미안해. 정말 미안해."

그러고서야 물었다.

"근데 무슨 일로 사과를 해야 하는지 말해 줄 수 있어?"

그 순간 아차 싶었다. 좀 전에 우리는 카페에 있었다. 막내딸이 무슨 일인가로 슬퍼하고 있었는데 그 와중에 아무렇게나 묶은 막내딸의 머리가 거슬렸다.

"머리는 왜 맨날 이렇게 묶니?"

핀잔과 동시에 양해도 없이 고무줄을 잡아당겼고 머리채가 풀렸다. 다시 머리를 묶는 손길은 자연히 거칠었다. 아이에게 무례하게 행동하는 불손을 동시에 자각했지만 무마해 버렸다. 짧은 순간이었고 시간이 지나면 잊히겠거니 안이하게 지나쳤다.

"엄마는 내가 슬퍼하고 있는데 그 마음은 생각지도 않고, 엄마가 하고 싶다고 내게 물어보지도 않고 마구 행동해서 머리가 흔들렸고, 그게 기분이 안 좋았어."

늦게나마 사과할 기회를 준 딸에게 고마우면서도 내심 당돌한 녀석 같으니라고 싶었다. 친구들한텐 무한정 관대하면서 내게만 비싸게 구는구나 심술도 났다. 그래도 받아 내야 할 사과는 받고 너그러울 땐 너그러운, 똑 부러지는 딸이 우유부단한 엄마보다는 낫다고 마음 편히 정리했다.

다음 날 아침, 딸이 좋아하는 원숭이 얼굴이 그려진 티셔츠를 입는 중이었다.

"이 옷 때문에 발레 할 때 답답해."

발레 할 땐 발레복만 입을 텐데 왜 이 옷이 답답할까? 학원 친구가 티셔츠에 그려진 원숭이를 징그러워한다는 것이다. 그래서 벗을 겨를도 없이 원숭이를 얼른 가리느라 발레 옷을 그 위에 입는 거였다. 세상에, 긴팔 티셔츠를 입고 반팔 발레복이라니. 엄마에겐 냉정하면서 친구들한테는 숙맥처럼 배려하는 게 안 그래도 속상하던 차라 이번엔 내가 대뜸 따졌다.

"그럼, 그 친구더러 탈의실에서 나가 있으라고 하든가, 보지 말라고 해!"

자기가 싫으면 싫은 거지, 남이야 원숭이가 그려진 티셔츠를 입든 말든 무슨 상관이냐고 그 친구를 타박했더니 "그 앤 나보다 어리단 말이야"라고 편을 들었다.

　그 말을 듣고 나니 숙연해졌다. 배려하느라 조금 더 손해 보고 불편한들 뭐가 그리 나쁘랴. 어른들처럼 손해 보지 말라며 따지고 가르치는 게 문제지 싶었다. 딸은 분명 친구들을 배려하느라 자신은 상처를 받거나 오해를 받더라도 스스로 겪어 성숙하는 성향일 게다. 누군가를 위하는 마음도 소중하지만 자신이 해야 할 걸 하는 것 또한 그만큼 중요하다고, 자신을 지킬 줄도 알아야 다른 사람을 위해 줄 힘도 생기는 거라고 딸을 걱정하며 이런저런 말을 덧붙이다 보니 얘기가 길어졌다.

　언젠가 발레 학원 선생님은 도대체 딸이 어떻게 하는지 학원 동생들이 딸만 찾는다고 했다. 배려 많이 하고 잘 웃겨 학원 가서도 그러나 보다 하고 칭찬쯤으로 듣고 말았다. 오늘도 엄마라는 이름을 거두고서야 의리 있는 일곱 살 아이의 마음을 만났다.

태풍 속 한마디

   그해 여름, 제주도에서 시작된 태풍 볼라벤의 피해
는 컸다. 이틀 동안 세찬 비바람이 불었고 공항이 마비
되거나 강풍에 인명 피해가 속출했다. 안동 지역도 영향
권에 들어 태풍이 몰려오기 직전이었다. 방송국은 긴장
감으로 어수선했다. 시시각각 달라지는 속보에 촉각을
곤두세우고 생방송을 준비하고 있었다. 평소처럼 두 아
들이 하교는 잘했는지, 여동생은 무사히 데려왔는지 신
경 쓸 겨를이 없었다. 최종 원고를 들고서도 수정하기
위해 빨간 펜을 들고 대기하고 있었다. 바깥 날씨는 잔
뜩 흐린 채 고요하기만 했다.

   큐 사인이 떨어지고 시그널과 함께 생방송이 시작됐
다. 아나운서가 태풍 소식을 전하는 오프닝 멘트를 하는
중이었다. 이때를 기다렸다는 듯 세찬 비바람이 2층 주
조종실 창문을 때렸다. 볼라벤이 상륙한 것이다. 순식간
에 온 세상을 비바람으로 잠식하려는 듯 거셌다. 휴대폰
벨이 울린 건 그때였다. 오늘 생방송 출연자가 펑크라도
내려는 걸까, 오다가 사고라도 난 걸까 불안한 맘으로 번
호를 확인하니 집이었다. 하필이면 지금인가 싶었다. 생
방송을 하는 시간은 전화 불가라는 걸 삼 남매는 잘 알고

있었다. 이제껏 생방송 하면서 이 시간에 전화를 건 적이 한 번도 없었다. 그렇다면 아이들에게 무슨 일이라도 생긴 걸까. 설령 이 시간에 사고가 났다 해도 생방송이 진행되는 동안은 달려가기 어려웠다. 대체 무슨 일일까.

복잡하고 불안에 잠식된 심경으로 전화를 받았다. 큰아들이었고 목소리는 다급했다.

"엄마? 엄마, 지금 말이야 밖에 비가 엄청나게 오고 바람이 엄청 세게 불어. 재익이는 집에 있고 진이도 조금 전에 우리가 가서 데려왔어. 참! 옥상에 빨래는 내가 걷었는데, 그런데 말이야."

급하게 말을 잇느라 힘들었는지 숨을 고르는 소리와 함께 말이 끊겼다. 찰나의 침묵 뒤.

"엄마는 괜찮나 싶어서."

내가 뭐라 대답하기도 전에 큰아들은 다시 한번 물었다.

"엄마, 괜찮아? 응?"

엄마는 괜찮다고 지금 생방송 중이라고 다급히 대답하고 전화를 끊었다. 아들의 걱정은 기특하고 고마웠지만 당장 다음 코너를 준비해야 하는 긴급 상황이었다. 패널에게 급히 생방송 전화 연결을 해 놓고 나서야 한숨 돌릴 수 있었다.

미국에 가 있는 아버지 대신 나름대로 가장 역할을 하려고 했을까. 큰아들은 태풍 볼라벤 속에서 동생들을 보호하는 것은 물론, 집안 살림에 방송국에서 일하는 엄마의 안전까지 챙기는 중이었다. 고맙다는 말은 생방송이 끝난 뒤에나 해야겠다 싶었다.

평소에도 큰아들은 우리 부부가 여행을 가면 거실에서 잠을 자곤 했다. 현관문을 열고 도둑이 들거나 누군가 나타나면 자신이 먼저 맞서겠다는, 동생들을 지키겠다는 맏이로서의 비장한 자세였다. 외출에서 돌아오는 길에 먹고 싶은 게 있냐 물으면 먼저 동생들에게 물어본 뒤에야 대답하곤 했다. 네가 먹고픈 걸 말하라고 해도 동생들 먹고 싶은 게 자신이 먹고 싶은 거라고 말하는 맏이였다.

퇴근길에도 비바람이 몰아쳤다. 우산을 펴 들어도 소용없을 정도였다. 우산을 접고 골목길을 내달렸다. 일하느라 자식들 걱정할 겨를도 없는 엄마를 도리어 걱정해 주는 큰아들이 있는 집으로, 마음씨 고운 삼 남매가 기다리는 집을 향해 달렸다. 태풍 속을 달렸지만 마음만은 어느 때보다도 뜨겁고 다정했다.

그런 날

퇴근길에 시내에서 큰아들과 만났다. 큰아들은 가을바람이 제법 싸늘한 밤에 30분을 걸어서 시내에 도착했다. 며칠 전, 소매가 우스꽝스럽도록 작아진 점퍼를 입고 다니기에 사 주마고 해도 괜찮다고 미루기에 오늘 맘먹고 시내로 불렀다.

큰아들은 알뜰했다. 버스비도 아까워 무조건 걸어다니고, 옷이나 신발에는 관심이 없었다. 용돈을 주면 며칠 내내 그 돈을 가지고 있다가 엄마가 현금이 없다고 하면 지갑에서 선뜻 꺼내 주곤 했다. 그런 마음이 기특해서 오늘은 기어이 새 점퍼를 하나 사 줘야겠다고 마음먹은 터였다.

처음으로 들어간 의류 매장에서 특가로 판매하는 얇고 따스한 회색 점퍼를 단숨에 골랐다. 옷 고르기에 흥미도 없고 좋아하지도 않는 큰아들도 여러모로 흡족해했다.

"엄마 오늘 나 때문에 돈 많이 쓰는 거 아냐?"

싸고 좋은 옷을 사서 만족하지만 돈 걱정을 빼놓지 않았다. 옷은 샀으니 허기도 채울 겸 큰아들의 팔짱을 끼고 전통 시장 떡볶이 골목으로 향했다. 오랜만에 단둘이 하는 시내 나들이인 만큼 그냥 돌아가기 아쉽기도 했다. 포장마차 안에서 어묵에 뜨거운 국물을 마시며 가을 저녁의 찬기를 데우고 허기도 달랬다. 먹다 보니 맛나다 싶은데 이 골목에서 손님이 가장 많은 인기 맛집이라고 했다. 그렇다면 우리만 먹고 말 수 없지 싶어 집에서 기다릴 작은아들과 막내가 먹을 떡볶이와 순대도 샀다. 갓 튀겨 낸 오징어튀김도 샀다. 엄마와 큰오빠가 시내에 나갔으니 맛난 걸 사 오리라 기대하지 싶었다.

검은 비닐봉지가 처지도록 분식을 두 손 가득 무겁게 들고서 흐뭇해했다. 리어카에서 배를 파는 아저씨에게 후식 삼아 싱싱한 배도 세 개 샀다. 아저씨가 잘라 주는 배를 한 쪽 먹어 보고 맛도 검증한 뒤에 샀으니 오늘은 모든 쇼핑을 성공한 셈이었다. 큰아들의 점퍼도 맛난 분식은 물론 후식으로 산 배까지 저렴하고 품질도 맛도 좋았다. 분식이 식기 전에 얼른 집에 가서 먹여야겠단 생각에 택시를 잡아탔다.

점퍼 담은 종이 가방을 든 큰아들이 앞자리에 탔고, 배와 분식을 담은 검은 비닐봉지를 든 나는 뒷자리에 앉았다. 시내에서 집까지 택시를 타고 달려오는 동안에도 뜨끈한 순대와 떡볶이, 오징어튀김 냄새가 뒤섞여 새삼 택시 기사의 침샘을 자극하지 않나 송구스러울 정도였다. 이렇게 냄새도 맛나니 집에 있는 아이들은 또 얼마나 잘 먹을까 마음이 들썩였다.

집 앞에 도착해 택시에서 내렸다. 큰아들은 앞서 종이 가방을 들고 집을 향해 언덕 계단을 성큼성큼 올라갔다. 저 멀리 어두운 골목 속으로 사라지는 택시를 보는 순간, 갑자기 공허감이 밀려왔다. 큰아들의 뒤통수를 보면서 망연히 서 있었다. 혹시나 싶어 물었다.

"재원아, 떡볶이랑 순대하고 배 봉지를 누가 들었었지?"

묻는다기보다 혼잣말에 가까웠다.

"엄마가 들었었는데? 근데 엄마 손에 왜 아무것도 없어?"

아이들과 먹겠다고 산 분식과 배를 택시에 전부 두고 내린 거였다. 허망함의 정체를 깨닫자 가슴이 먹먹했다. 큰아들 역시 계단을 오르다 말고 낭패한 얼굴로 멈춰 서 있었다. 유난히 피로했던 오늘 업무, 큰아들과의 들떴던 시내 데이트가 뒤죽박죽이 돼 머리가 어지러워졌다. 잃어버린 순대와 내장, 떡볶이, 갓 튀긴 오징어튀김, 그리고 달고 물 많은 큰 배와 엄마가 돌아오길 기다리는 작은아들과 막내딸. 세상이 흔들리기 시작했다.

별수 있겠냐는 듯이 큰아들이 먼저 조용히 집으로 들어갔다. 그 모습을 보고도 미련을 버리지 못해 택시가 사라진 골목 끝을 보고 섰다가 집으로 걸음을 내디뎠다. 현관문을 열자 아이들이 반겨 주었다. 큰아들이 든 점퍼 쇼핑백 외에는 아무것도 없는 엄마의 빈손에 실망하지도 않는 눈치였다. 잃어버린 저녁거리는 젖혀 두고 얼른 저녁상을 차리는 것으로 미안함을 덮으려 옷도 갈아입지 않고 부엌으로 들어갔다. 밥솥은 비어 있었다. 하필이면 저녁거리라고는 아무것도 없었다. 가스 불을 켜고 냄비에 물을 끓였다. 라면을 끓일 참이었다.

갑자기 눈물이 고였다. 식탁에 차려 두었으면 얼마나 맛나고 신나는 분식 파티가 됐을까. 그 아까운 걸 두고 이게 무슨 초라한 저녁이냐고 속상해하며 김치를 꺼내 접시에 담았다. 냉동실에 얼려 둔 두어 그릇 분량의 밥을 전자레인지에 데웠다. 줄어드는 숫자를 가만히 보고 서서 또 생각했다. 남편이 사업한다고 미국에 간 지

여러 달, 혼자 일하며 삼 남매를 건사해 왔지만 오늘처럼 나 자신이 초라하게 느껴진 날은 없었다.

아이들은 별말 없이 저녁을 달게 먹었다. 큰아들도 택시에 두고 내린 분식 이야기 따위는 하지 않았다. 오히려 엄마 김치는 언제 먹어도 맛있다고 칭찬까지 보탰다. 그런 순한 마음으로 늘 잘 자라 주어 고마웠지만 그래서 더 미안했다. 무엇을 위해 이렇게 아등바등 살고 있는 걸까. 삼 남매에게 맛있는 음식도 제대로 못 챙겨 먹이는 저녁이라니. 계속 이렇게 살아도 되는 걸까. 나 홀로 워킹맘의 비애 앞에 무너져 내린 가슴 시린 가을밤이었다.

긴긴 귀갓길

　남편이 미국으로 떠나면서 아이들에게 한 당부는 엄마를 도우라는 거였다. 엄마는 직장도 다니고 집안일도 하고 글도 쓰니 삼 남매가 자기 일을 알아서 해야 한다고 일렀다. 배고프면 스스로 챙겨 먹고 교복 준비나 신발, 그 외에 음식 쓰레기 버리기나 빨래 걷기 같은 건 남매가 힘을 모아 하라고 가르쳤다. 막내의 발레 수업이 끝나는 시간과 생방송 시간이 겹쳤기에, 여섯 살 난 막내 여동생 귀가도 두 형제가 전담했다. 학교에서 돌아온 두 아들에게 가장 중요한 일이었다.

　그날은 사정이 생겨 발레 학원 수업을 마친 막내딸이 시내 마트 앞에서 내렸다. 집에서 버스를 타고 20분가량 가야 데려올 수 있는 거리였다. 겸사겸사 큰아들은 시내로 나가 미용실에서 머리를 깎고, 작은아들은 그동안 막내를 데려와 셋이 함께 집으로 돌아오는 일정이었다. 머리 깎고 떡볶이라도 사 먹고 오라며 큰아들에게 용돈도 넉넉히 주었다.

　삼 남매가 집에 도착하겠다 싶은 시각에 퇴근을 했다. 서둘러 저녁 준비를 하면서 머리는 잘 깎았는지, 막내는 잘 만났는지 궁금해 큰아들에게 전화를 걸었지만 받지 않았다. 벌써 어둠이 내려앉았다. 발레 선생님한테서 별다른 연락이 없으니 크게 걱정할 일은 없었다. 갈 때는 걷는다기에 그것도 괜찮다 싶었는데 올 땐 꼭 택시 타라 하려고 했다. 전할 길이 없어 아쉽지만 용돈도 넉넉히 줬으니 당연히 그러겠지 싶었다. 꽤 걸었으니 두 아들은 볼일을 보며 피곤할 테고, 유치원 끝나고 한 시간이 넘게 발레까지 한 막내는 더욱 피곤하고 배도 고플 게 뻔했다. 저녁을 다 차려 놓고 이젠 올 때다 싶은데도 기척이 없었다. 떡볶이 사 먹느라고 지체되나, 이런저런 생각으로 기다리는 동안 저녁은 어느새 밤으로 기울고 있었다.

기다림이 걱정으로 번져 가는 중에 시끌벅적 마당을 걸어 들어오는 삼 남매의 기척이 들렸다. 안심도 되고 반가운 마음에 현관문을 열고 내다봤더니 막내가 현관에 들어서자마자 신발을 벗어 던졌다.

"아아, 다리 아파. 목도 마르고!"

냉장고 문을 왈칵 열고 물을 꺼내 벌컥벌컥 마시더니 바로 화장실로 달려갔다. 작은아들은 헉헉대느라 신발도 벗지 않은 채 아직도 현관에 걸터앉아 있었다. 신체 건강하고 체격 좋은 큰아들도 얼굴이 벌겠다. 다들 왜 이렇게 지쳤느냐고 묻자, 걸어왔다고 했다. 큰아들에게 택시를 타지 그랬냐고 물었더니 "돈 아깝잖아"라는 대답이 돌아왔다.

엄마 혼자 너희 삼 남매 키우니 힘들고 어렵다고 돈 아끼라고 한 적은 없었다. 학원도 안 다니고 성미가 별나지도 않으니 아이들에게 큰돈 들 일도 없었다. 삼 남매가 집으로 돌아오는 길에 택시 기본요금을 아껴야 할 정도는 아니었다. 돈 아까워서 걷는다 쳐도 무더운 늦여름이었다. 아이스크림이나 음료수라도 하나씩 사 먹으며 걸을 것이지 맨입에 그냥 걸은 것이었다.

큰아들은 며칠 전에도 시청 대강당에서 단체로 공연을 보고 나서 집으로 오는 초행길에 시내를 두 바퀴나 제자리 맴돌 듯 돌고 나서야 제대로 길을 찾아 돌아왔다. 집에 도착하기까지 한 시간 40분이 걸렸다. 길을 못 찾겠으면 전화를 하든가, 택시를 타든가 하면 될 것을, 돈 쓸 생각은 하지 않았다. 그날 집에 와서는 가방을 내던지며 "아아, 종아리 터질 것 같다" 하고 마른입으로 물을 마셨다. 인상 하나 쓰지 않고 라면도 끓이고 햄버거도 만들어 달라 해서는 다 먹어 치웠다. 배불리 먹은 것으로 그간의 고된 수고는 다 해결됐다는 듯 산뜻한 얼굴이었다. 그날도 택시를 타지 그랬냐고 물었지만 대답은 같았다.

큰아들은 돈이 아까워서 걸어왔고, 작은아들은 형이 그러자고 하니 따라 걸었고, 막내딸은 두 오빠가 걸으니 그냥 같이 걸었다. 무더운 길을 시내에서 집까지 30분 넘게 걸어온 밤이었다. 다리품 제대로 판 둘째와 막내는 그날 밤 이부자리에 들자마자 곯아떨어졌다.

잠들지 않고 책상 앞에서 숙제를 하는 큰아들의 등을 가만히 쓰다듬어 주었다. 아무리 그래도 다음에 동생들과 같이 다닐 때는 택시를 타라고도 말했다. 큰아들은 "알아서 할게"라며 숙제만 계속했다. 군소리 없이 쉬이 잠든 두 남매도 어여쁘고, 긴말 없이 엄마를 위하는 우직한 큰아들도 고마운 그 늦은 밤, 감동은 또 다른 사랑으로 승화되는가. 나도 모르게 미국에 가 있는 삼 남매의 아비, 남편에게 보고 싶다는 문자를 보냈다.

아이의 조언

어릴 적 내 꿈은 패션 디자이너였다. 하얀 스케치북에 상상하는 옷을 스케치하고 색칠해서 모아 두었다.

1980년대 후반, 프랑스엔 샤넬과 에르메스가 있고 미국엔 엠포리오 아르마니가, 이탈리아엔 구찌가 있다는 것도 꿰고 있었다. 여름이면 삼 껍질을 벗기고 고추밭에 나가 햇볕과 씨름하며 고추를 따야 했던 시골 학생에겐 밤하늘의 별처럼 동경하는 세계였다. 언젠가 그 별에 다다르기를 꿈꿨다. 고등학교에 들어가서는 우리나라에 처음 창간된 〈보그〉 잡지를 사려고 고추 팔아 용돈 주던 엄마한테 참고서 산다고 속이고 돈을 받았다.

역사적인 날이었다. 꿈꾸던 세계가 그 잡지 속에 펼쳐져 있었다. 내 스케치 스크랩북이 초라하기보다는 저거대한 패션계라는 별로 나아가기 위한 작은 한 걸음처럼 의미심장하게 여겨서 흥분이 가시지 않았다.

패션 디자이너의 꿈은 3년 만에 연극배우로 바뀌었고 대학 졸업 직후 결혼을 했다. 꿈보다는 사랑을 선택했고 성공보다는 가정을 중요하게 생각했다. 사랑을 했고 아내가 되었고 삼 남매의 부모가 되었다. 내가 낳은 생명을 사랑하는 일이, 내가 일군 가족이 다정하게 사는 게 우선이라고 여기며 보내다가 또 다른 삶을 돌아보기 시작한 건 10년 후부터였다.

친구들은 각자의 자리에서 인생의 열매를 맺어 가는 중이었다. 뉴욕에서 심리상담학으로 박사 학위를 따서 귀국한 친구, 해외여행 다니며 두 딸과 넓은 아파트에서 여유롭게 사는 단짝 친구, 방송 작가로 자리 잡고 일하다가 모은 돈으로 필리핀에서 게스트하우스를 열고 자기만의 소설을 쓰겠다며 떠난 대학교 때 룸메이트. 그들의 근황에 마음이 흔들린 것도 사실이다. 이십대 후반에 첫눈에 반한 남편과 좋아라 하며 결혼하고 아이를 낳아 키우며 안달복달하는 동안, 느지막이 방송 작가로 데뷔해 전전긍긍하는 동안에 그들은 비약적으로 성장하고 있었다. 여전히 나는 한 남자의 아내, 세 아이의 엄마일 뿐인데. 그게 다였다.

글 써서 돈 버는 일을 시작하게 된 건 우연이었다. 재택이 가능해 시작한 일이지 이름을 내는 작가가 되려고 소망한 적은 없다. 애들 다 키우고 나면 나의 전부를 바칠 일을 다시 찾아야 한다는 미련이 늘 따라다녔다. 가만히 한자리에 엉덩이 붙이고 앉아 몇 시간이고 글자를 가지고 씨름하는 일을 평생 할 수는 없는 노릇이라 생각했다. 빈 노트를 보면 설레고, 글을 쓰는 것이 천명 같다 생각한 적은 더더욱 없었다. 그러니 더 잘못 가기 전에 되돌려야 한다고 생각했다. 흔들리기 시작한 마음은 진정될 줄 몰랐다. 마음은 '지금 여기'가 아닌 다른 곳을 부유했다. 사십대 중반에 찾아온 정체성 혼란이었다. 내가 겪는 내면의 균열을 읽어 낸 걸까. 막내딸이 물었다.

"엄마, 요즘 기분 나쁜 일 있어?"

한마디 말 없이도 내 마음을 들켜 버린 듯해 당황하는 사이, 막내딸은 자답했다.

"있다면! 그래도 그렇지, 좀 웃어. 설령 슬픈 일이 있었어도 금방 사라질 테니까, 그냥 웃어."

그러고는 다시 한번 강조해서 말했다. 다음 날 아침 학교 가는 길에도 같은 소릴 했다.

"엄마, 어제 무슨 일이 있었더라도 웃어. 내일 무슨 일이 일어날지 어떻게 알아? 그러니 지금은 웃어."

막내딸은 그 말을 마지막으로 교문 안으로 달려 들어갔다.

뒷모습이 작아지다가 이내 사라졌다. 막내딸의 말이 귓가에 맴돌았다. 삶이 복잡한 건 복잡한 생각 때문이다. 걱정 때문이다. 삶은 단순하다. 지나간 일은 부질없고 다가올 일은 모른다. 지금 여기서 웃는 일밖에 뭘 하겠는가. 막내딸의 말은 되새길수록 진리였다. 지금, 여기에서 웃으라는 낙관과 내일은 무슨 일이 일어날지 모른다는 희망을 가진다면 어려울 인생이 어디 있겠는가.

아이들은 많은 경험을 하지 않고도, 고전 명작을 읽지 않고도 삶의 정수를 내뱉는 존재였다. 여덟 살 딸이 아는 걸 어른인 나는 모른 채 혼란 속을 헤맸던 거다. 뒤늦게 찾아온 열등감과 고민이 그 말 한마디에 해결되지는 않았지만 내 앞에 놓인 길이라는 게 있다면 그건 오늘 웃고, 내일을 희망하는 일임은 또렷하게 알았다.

버려진 카드

　일주일 만에 출장을 마치고 귀가했더니, 한국으로 돌아온 남편과 삼 남매가 엄마 없이 보낸 흔적이 곳곳에 낭자했다. 거실 소파와 의자에 널브러진 옷가지, 식탁 위나 책상 위를 뒹구는 컵과 접시, 무엇보다 씻지 않은 남편의 몰골과 고등학생 두 아들이 뿜어내는 퀴퀴한 냄새. 가방을 내려놓자마자 거실 창과 창문을 열어젖히고 옷가지를 걷어 빨래를 하러 베란다로 향했다. 베란다 역시 쓰레기장이었다. 박스가 나뒹굴고 일반 쓰레기봉투는 터져 나가기 직전에 쌀자루 주변에는 쌀알이 떨어져 있었고, 재활용 쓰레기봉투 안에는 여봐란 듯이 카드 한 장이 버려져 있었다. 종이접기로 만든 카네이션 한 송이로 꾸민 카드 하단에는 이런 문구가 쓰여 있었다.

　'어버이 은혜 감사합니다.'

　카드를 주워 들고 펼쳐 보니 내지에는 편지가 쓰여 있었다.

　'부모님께. 안녕하세요? 저 진이에요. 어버이날 기념으로 편지를 써요. 일단 저를 태어나게 해 주고 먹여 줘서 감사해요. 앞으로는 잘할게요. 그리고 약속한 공부 날짜도 지키지 않고, 게임만 하고, 돈 낭비만 하고 정

말 죄송해요. 앞으로는 생각하고 행동할게요. 사요나라! 2019년 5월 2일 부모님의 소중한 딸 진이가.'

제법 진솔하게 썼건만 주지도 않고 내다 버린 건 왜일까. 어버이날을 맞아 수업 시간에 만들었을 텐데 모르고 버렸을 리는 없고, 남편 닮아 직선적이고 솔직한 막내 성미에 이런 대의명분 서는 일엔 심드렁하리란 추측을 내심 하면서도 직접 듣고 싶어 물었다.

"선생님이 쓰라고 해서 억지로 쓰긴 했는데 마음에 안 들어서."

정작 카드를 받아야 할 어버이인 나에겐 송구하단 기색도 없이 딱 잘라 말했다. 아이 입장에서는 그럴 수도 있겠다 싶었다. 유치원이며 초등학교 다니는 수년간 매번 똑같은 카드에 뻔한 편지를 써 왔으니 싫증 날 법도 하다. 카드를 받는 어버이 중에도 빤하고 시시하다 생각할 수 있을 테다. 시키는 대로만 하는 것보다는 자신의 생각이 분명해 어버이날 카드를 버리는 일도 서슴지 않는 당당함과 과감함도 칭찬해 줄 일이다 싶었다. 아이가 소신대로 한 행동이니 버려진 카드는 아쉬울 게 없었다. 남편은 '버려진 카드를 너도 봤구나' 하는 여유로운 뉘앙스를 풍기며 다가오더니 이보다 더한 에피소드를 풀어놓았다. 학교에서 하라는 대로 해 놓고 집에 와서 버리는 막내딸은 양반에 속했다.

바야흐로 남편이 초등학교 2학년 때, 역시 어버이날을 앞두고 선생님이 편지를 쓰라고 했다. 50명이나 되는 반 아이들이 일제히 엎드려 부모님을 향한 헌사를 쓸 때 남편 혼자 가만히 있었다. 담임선생님은 "쓰라면 쓸 것이지, 다른 애들은 다 썼는데 넌 왜 안 썼냐"며 당연히 화를 냈고, 수업이 끝나고도 빈 교실에 남아서 쓰라며 포기하지 않았다. 남편 역시 포기하지 않고 텅 빈 편지지 앞에 앉아만 있었다. 교무 회의에 갔다가 다시 교실로 돌아온 담임은 미치고 팔짝 뛸 일이었다. 화가 치민 선생님은 "도대체 왜 안 쓰니?" 하고 교실이 떠나가라 소리쳤다. 남편은 또박또박 이유를 말했다.

"마음에도 없는 말을 어떻게 억지로 쓰나요?"

선생님은 깊고 긴 한숨과 함께 두 손을 들 수밖에 없었고, 할 수 없이 그제야 집에 보내 줬다. 무려 40여 년 전 일이다.

의례적이고 형식적인 일을 온몸으로 거부하는 습성

은 그 아버지에 그 딸이다. 선택의 문제이니 뭐라 할 수도 없거니와 제 아버지 닮아 그런 걸 더 말할 필요도 없었다. 그저 조용히 어두운 베란다 쓰레기봉투에 내버려진 카드를 막내딸 몰래 애틋하게 챙겼다. 책상 앞에 앉아 스탠드를 켜고 카드 귀퉁이에 나대로 추억을 새겼다. 보내지 않은 편지를 주워서 보내지 않을 답장을 쓰는 격이랄까.

'학교에서 쓰라고 해서 실컷 써 놓고 집에 와서 쓰레기봉투에 버린 어버이날 카드. 2019년 5월 2일 목요일, 5학년 진.'

써 놓고 보니 더욱더 각별한 어버이날 카드가 됐다. 뻔한 말로 채운 카드, 그래서 보내지 않고 내다 버린 카드. 그걸 주워서 덧붙이고 보니 신선한 추억이 담긴 카드로 부활한 듯했다.

어떤 일이든 우리 삶에 무늬를 남기고 파장을 일으키며 흐름을 더한다. 주어진 기준과 습관을 익숙하게 반복하는 어른의 삶에 막내딸의 엉뚱한 반항은 환기를 불러왔다. 늘 하던 대로, 다 하는 대로가 아닌 내 생각대로, 하고픈 대로 할 수 있는 용기와 자유는 진정한 생기다.

시선과 편견에서 자유로운 어린 시절의 추억은 그래서 더욱 귀하다. 인생의 반짝이는 별처럼 저 멀리서 나를 비출 한 줄기 동심의 증거이므로.

유전자의 오버랩

'둘째의 그림 속에 네가 있어.'

남편이 보낸 메시지였다. 두 장의 그림도 함께 보내
왔다.

바람 부는 언덕에 기울어진 나무가 낙엽을 휘날리
고 나무 아래 선 소녀의 머리카락과 치맛자락 역시 바람
따라 날리는 그림과 긴 스탠드가 켜진 거실 소파에 담요
를 덮고 엎드린 채 책을 읽고 있는 소녀 그림이었다. 선
은 선명하지만 색감은 은은하고 구도도 그렇지만 분위
기 자체가 한눈에 봐도 내가 그린 그림인 듯 묘한 동질
감이 느껴졌다. 열여덟 작은아들의 그림은 외로워 보이
지만 따스한 리듬이 느껴지고, 바람 같지만 그 자리에
머무는 다정함이 있었다.

퇴근 뒤 시간을 알차게 쓰고 싶어 밤이면 아키비스
트(기록 전문가) 양성 과정 수업을 듣던 때였다. 수업 과제
로 자신의 연대기를 쓰고 있었고, 열여덟 살에 찍은 사진
을 앞에 두고 글을 써 내려갔다. 갑갑한 교복을 벗어 던
지고 고등학교를 탈출하고 싶어 학교 건물 중앙에 있던
백여 개 가까운 계단 한가운데 드러누워 친구와 별을 보
던 '야자' 시간의 풍경이었다. 그러다 선생님한테 들켜 교

복 치맛자락을 흔들며 교실로 달려 들어가던 밤을 떠올리고는 추억에 잠기던 중이었다. 세 아이의 엄마가 아니라, 글 써서 밥 먹고 사는 사십대가 아니라 열여덟 고등학생이 돼 있었다. 치기 어린 꿈과 소박한 현실 사이에서 휘청거렸지만 끝내 꿈을 향해 달려가던 때를, 사십대 중반에 책상머리에 앉아 스탠드 불빛 아래서 더듬어 기록하는 중이었다. 남편의 메시지와 작은아들의 그림을 마주한 건 바로 그때였다. 가만히 그림을 들여다보다가 눈물이 고이고 말았다.

　　지난 주말 작은아들에게 한소리 했다. 외모에 관심이 많은 편이어서 시험 기간에도 옷이나 신발을 사겠다고 인터넷 쇼핑을 하곤 했다. 신발은 한정판이니 뭐니 해서 이삼십만 원 하는 걸 눈독 들이기 일쑤였다. 그날은 참지 못하고 옷이나 신발에 신경 쓰지 말고 책을 읽거나 공부하란 소릴 하고 말았다. 듣기 싫어하는 작은아들의 안색을 보고는 더욱 화가 나서 결국 네 인생 스스로 책임지라는 식으로 으름장을 놓고야 말았다. 작은아들의 방문을 닫고 나와 거실에 앉아 흥분을 가라앉히는 동안 괜한 꾸중을 했다는 후회가 밀려왔지만 더 이상 아무 말도 하지 않았다.

　평소 작은아들은 옷도 사고 신발도 사고 나이키 한 정판의 유혹을 토로하면서도, 손바닥 안에 잡히는 작고 빨간 노트에 매일 몇 개씩 스케치를 해 왔다. 장차 역사 깊은 고가 브랜드들과 협업을 하고 싶다고도 했다. 작은아들이 패션에 관심이 많은 것도, 그림에 재주가 있는 것도, 잘 만든 물건에 욕심을 내는 것도 실은 나를 닮았다. 나와 비교하자면 훨씬 부지런하고 성실하고 스스로 돈까지 버는 능력자 고등학생이었다. 마음에 드는 음악을 찾으면 "엄마, 아버지, 들어 봐" 하고 거실 컴퓨터로 앰프를 연결해 틀어 주는 아이였다. 웹자보를 만들어 주고 오천 원, 만 원 받아 모은 돈으로 동생 회색 내복을 사 주는 십대였다. 친구 앨범 재킷이며 섬네일 만들어 주고 받은 돈으로 엄마 좋아하는 새우장 배달시켜 주는 알뜰하고 다정한 청소년이었다. 영화도 보고 공부도 하고 열심히 십대의 막바지를 통과하는 중이었다.

　나의 십대는 불손하고 게을렀다. 엄마에게 거짓말해서 패션 잡지 사고 옷도 사 입었다. 공부는 더 안 했고 거짓말하고 포항 바닷가에 놀러도 갔다. 열여덟 아들은 나의 열여덟보다는 훨씬 당차고 모범적이건만, 시간과 에너지를 잘 좀 쓰라고 그만 잔소릴 했다.

퇴근길에 작은아들에게 문자를 보냈다.

'아버지가 보내 준 네 그림을 봤다. 넌 어떻게 생각할지 모르지만 그 그림을 가만히 보니 엄마가 그린 그림 같더라. 넌 이렇게 열심히 뭔가를 계속하고 있는데, 엄만 잔소릴 하고 말았다. 넌 참 기특한 사람인데 말이야. 주말에 잔소리해서 미안하다.'

문자를 보내면서도 '기특한 아이'라고 썼다가 지우고 '기특한 사람'이라고 고쳐 썼다.

자식은 나의 몸을 통과해 부모 자식의 인연을 맺었을 뿐이지 세상에서 살아갈 독립적인 한 사람임을 잊지 않으려는 노력이다. 더불어, 오늘처럼 유전자의 전이를 넘어 오버랩을 느낄 땐 더더욱 절절하면서도 한 걸음 뒤로 물러서려고 한다. 나를 지나 너만의 길을 온전히 걸어가 유전자의 계보나 오버랩을 넘어 진보해 보라는 응원이다. 생명의 본질은 능동적이며 그것은 자생의 본능일 테니까.

방목의 기원

"애들을 어떻게 그렇게 키워요?"

사람들은 물었다. 덧붙여서, 아이들을 잘 키우려고 방목을 선택했으려니 추측했다. 실제는 반대였다. 나쁜 엄마가 되지 않으려다 보니 방목의 역사가 되었다.

아이들을 어떻게 키워야겠단 철학 따위는 애초에 없었다. 굳이 바람이라면 자연스럽고 밝게 자라 주었으면 했다. 세상에 주눅 들거나 부모 말에 순종하거나 관습에 쉽게 물들지 않으면서도 자기다운 세상을 꿋꿋이 만들어 가는 사람이 되면 좋겠다고 바랐다. 아니, 이것도 추상적이겠다. 몸도 마음도 건강하게 자라 주었으면 하는 가장 기본이자 쉽지 않은 바람은 있었다. 열심히 한 거라곤 지켜보고 왜 그런지 묻는 일이었다. 간섭을 줄이니 대화가 많아졌다. 함께 영화를 보고 음악을 들었다. 맛있는 음식을 같이 만들어 얼굴을 마주 보고 먹었다. 물론 기다리는 시간이 늘어났고 가슴앓이를 감내해야 했다. 아이들을 존중하기 위해서는 수없이 나를 낮추고 비워야 했다. 나름의 세상을 만들어 가길 바랐던 만큼 남과 다른 생각과 행동으로 곤란하기도 했다. 남들과 다를 바 없는 어른의 욕망이나 편견과 싸우느라 보낸 시간들이기도 했다. 수시로 튀어나오려는 내 경험치의 목소리와 씨름하는 날들도 왜 없었겠는가. 그러다 보니 결국 방목이라 부르는 것과 비슷한 방식이 됐다. 애초부터 방목을 선택한 것도 아니고 방목을 했던 것도 아니다. 질문에 솔직하게 대답하려면 부끄러운 이야기를 굳이 들춰야 한다.

　　결혼한 지 5년 만에 나는 한계를 드러냈고 신경쇠약에 걸렸다. 어린이집 안 보내고 연년생 두 아들 독박 육아에 무너져 내린 인내와 한계 앞에 무력했다. 화로 가득 찬 풍선처럼 긴장했고 불안했다. 우울증이었을지도 모른다. 나 자신이 괴상한 엄마라는 걸 자각한 건 그때쯤이었다.

　　큰아들이 다섯 살 때였다. 젖 먹여 키우고 천 기저귀 쓰고 집밥 먹이고, 어린이집 안 보내고 놀이터 전전하며 키우니 이만하면 괜찮은 엄마라고 자찬해 왔지만 속내는 그러질 못했는지 육아 스트레스가 나도 모르게 터져 나왔다. 아이들의 장난이나 실수에 화를 내는 일이 잦아졌다. 엄마라는 이름으로 그 시절 나는 무례한 나날을 보냈다. 무슨 일 때문이었는지 기억이 나지 않지만 그날도 무척 화를 냈다. 어린 아들에게 인신공격과 한탄까지 퍼부었다. 짧은 순간이었지만 내가 생각해도 괴물 같았다. 울고불고하거나 도망쳐 버릴 줄 알았던 큰아들은 가만히 내 눈을 바라보았다. 엄마와 아들이 아니라 존재와 존재로서 대면한다는 듯 깊은 눈빛이었다. 그 눈빛은 이렇게 말했다.

'엄마, 엄마 맞아요? 당신이 이렇게 이상한 사람이었나요?'

아이의 눈빛에 실린 소리 없는 물음은 내 마음을 꿰뚫어 보고 있었다. 나의 근원을 뒤흔드는 진심 어린 한마디였다. 마치 당신의 본모습을 되찾으라는 한마디 다독임 같았다. 큰아들의 말없는 시선에 나는 우울의 환각에서 깨어날 수 있었다.

그날 이후, 거울을 제대로 볼 수 없었다. 내 눈을 똑바로 볼 수 없었다. 어쩌다 스치듯 보게 된 거울 속 나는 일그러져 있었다. 산산조각으로 파열되고 분노로 일그러진 존재가 거울 속에서 나를 바라봤다. 그 낯선 시선을 견딜 수 없어 얼른 고개를 돌렸다. 거울로부터, 나로부터 도망친 것이다. 그렇다고 계속 화를 내고 우울해

하면서 거울을 피하고 아이들을 기만하는 일상을 이어
갈 순 없었다. 순전히 더 나빠지지 않기 위해서였다. 더
솔직하게는 그런 일그러진 심성으로 살 수 없었다. 화내
고 짜증 내고 힘들어하며 두 아들을 몰아붙이는 불행을
나도 더 이상은 견딜 수 없었다는 게 정직한 말일 것이
다. 나를 되찾기 위해, 두 아들을 위해, 내일은 오늘보다
더 나빠지지 않아야지. 더 소리치지 않고 더 혼내지 않
아야 했다.

　그 때문에 나는 자주 가출했다. 괴물이 되지 않기 위
한 탈출이었다. 문밖에서 잠시 바람을 쐬면 그렇게 화낼
일도 아니었고, 아이들은 그럴 수 있지, 하며 아무 일 없
었던 듯 아이들에게 평화로울 수 있었다. 아이들은 그동
안 그린 그림을 보여 주기도 하고, 그림책 속 놀라운 장
면을 들려주기도 했다. 직접 만든 로봇을 보여 주기도
했다. 화나서 미워서 나간 내 속은 모르고 아이들은 자
신들의 작품이 엄마를 기다리고 있었다는 듯 반기고 다
가왔다. 그럴수록 용서는 더욱 간절했고 아이들은 사랑
스러웠다. 내가 화를 내고 내가 집을 나가고 돌아와 내
가 반성하고 다시 아이들을 끌어안는 1인극의 나날이었

다. 내 행패에 대한 용서와 기도가 곧 아이들을 키우는 일이었다. 감히 간섭하고 참견할 수 없는 상황이었다. 절로 방목의 형태가 되었다.

스스로 선택하게 했고 위험하거나 타인에게 피해를 주지 않는 한에서는 내버려 두었다. 아이들도 내성이 생겼다. 건강했고, 혼자서도 알아서 잘 놀았고, 낯선 친구와도 잘 어울렸다. 그 덕분에 나는 어른들의 상심이나 관념보다 크고 단순한 아이들의 세계를 바라보는 즐거움을 누리게 됐다. 방목이라 하든 뭐라 하든 아이들이 하는 대로 내버려 두었더니 배우고 깨달을 일이 더 많아졌다. 그런 영향으로 내 삶도 조금씩 닮아 갔다. 지금 여기에서 할 수 있는 걸 하며 현재를 오롯이 살기 위해 애썼다.

나 역시 방목 속에서 살아왔음을 기억해 낸 건 한참 후였다. 나는 팔 남매 중 다섯째 딸로 언니들처럼 공부를 잘하지도 동생들처럼 아들도 아니었다. 꿈만 높고 현실은 소박한 시골집 딸이었다. 그렇다고 열등감을 느끼거나 성공 의욕을 다진 것도 아니다. 늘 여기가 아닌 어딘가를 꿈꾸는 방랑벽 많은 아이였다. 남편을 일찍 여

원 엄마는 늘 일손이 필요했다. 동네를 돌아다니며 놀기를 제일 좋아했고 체력도 좋았던 내가 엄마의 일꾼으로서는 안성맞춤이었다. 고추밭 매기, 삼 껍질 벗기기, 가마솥 콩물 젓기, 묵 만들기, 빨래, 다슬기 줍기 같은 일을 하고 나면 엄마는 성적이나 나머지 시간에 대해 간섭하지 않았다. 아니, 간섭할 겨를이 없었으리라.

뒷산에서 친구들과 총싸움을 하다가 무릎이 바위에 깨져도 침으로 닦고 놀았다. 집에 와서 아프단 말도 할 필요가 없었다. 상처는 며칠 있으면 낫는다는 걸 알고 있었으므로. 상처도 외로움도 두려움도 모두 스스로 경험하고 앓고 승화했다. 나는 방목 속에서 화려하게 자생했다.

남의 말을 잘 안 들었고 세상사가 심드렁했다. 급기야 엄마의 기대를 저버리고 대학을 졸업하자마자 남편과 결혼하기에 이르렀으니 방목의 끝장을 보여 준 셈인가. 삼 남매 역시 방목에 이른 건 남다른 일이 아닐 것이다.

어떤 형태든 간에, 자신만의 방식으로 능동적으로 살아가는 존재가 성장하는 걸 지켜보는 일은 나무 한 그루가, 꽃나무가 자라고 꽃을 피우는 걸 함께하는 것과 같다. 아름답고 감동적이다. 거기에 어른의 경험과 뻔한 잣대를 들이댄들 무슨 소용이 있으랴. 어른이 물러서면 아이들은 고유의 성정으로 잘 자란다. 자식이 자라는 데 부모의 역할도 필요하고 중요하지만 우주의 일이 더 크지 않던가. 아이라는 생명 그 자체가 성장해 가는 과정 말이다. 그러니 아이의 우주가 되려는 불가한 집착은 삼가야겠다.

기록의 치유

"저건 무슨 만화 시리즈예요?"

사람들은 책장에 나란히 꽂힌 〈The Nothing Book〉이라는 노트들을 보고 묻곤 했다. 200페이지짜리 노트는 한 권에 천 원으로 가로 11센티미터, 세로 18센티미터가량의 한 손에 들어오는 소박한 사이즈다. 저렴한 가격에 줄 하나 없는 무지 노트다. 무지여서 이름 그대로 뭐든 기록할 수도 그림을 그릴 수도 있다. 이 노트에 정이 들어 기록해 온 세월이 20년이 넘는다. 시간만큼 책장에 꽂힌 노트의 수도 200여 권이 넘는다. 똑같은 노트가 줄지어 꽂혀 있으니 사람들은 만화 시리즈쯤되는 줄 알고 묻지만 실상은 내 일기장이다.

집에서는 물론 버스나 전철 안에서, 누군가를 기다리면서, 심지어 화장실에서도 썼다. 그날 할 일이나 약속, 오늘 생겼으면 싶은 일에 대한 소망을 적기도 하고, 책을 읽다 좋은 문구가 있으면 필사를 하기도 했다. 갖고 싶은 브랜드의 가방이나 구두도 일일이 기록해 두었다. 당연히 남편의 허물도 적어 내려갔다. 노트는 내 동반자이자 욕망의 증인이었고 가장 은밀한 친구였다. 노트에 남긴 기록은 내가 나일 수 있는 유일한 세계였다.

아이 셋 키우고 일하며 언제 일기까지 저렇게 많이 썼냐고 묻지만 기록을 했기 때문에 부단한 일상을 버틸 수 있었다.

두 아들이 각각 일곱 살, 여섯 살 무렵, 부암동 언덕에 살 때 나는 엄마로서 한계에 봉착해 있었다. 아이들이 하루에 서너 번은 까무러칠 만한 사고를 치던 때였다. 목욕탕에서 아끼는 샴푸 한 통을 목욕물에 풀어 놓고 거품 놀이를 하는가 하면, 싱크대를 온통 뒤집어 놓기도 했고 옷이며 이불을 방과 거실에 죄다 꺼내 놓고 그 위를 뛰어다니기도 했다. 컴퓨터를 아이스크림으로 범벅해 놓기도 하고, 애써 써 놓은 원고 위에 크레파스로 낙서를 하기도 했다. 매번 꾸중하기도 화를 내기도 지쳤을 때 나를 구원한 건 이 작은 한 권의 노트였다.

유난히 힘들고 버거운 날엔 노트만 챙겨 집을 나왔다. 부암동 언덕을 내려와 동네 카페에 도착해 카페라테 한 잔을 놓고 노트를 펼쳤다. 한 글자 한 글자 화가 난 일과 이유에 대해 적어 내려갔다. 그러다 아이들의 심정과 기분도 적었다. 처음엔 화를 다스리려 쓰기 시작한 글이 나를 위로하고 아이들의 마음을 헤아려 보는 데까지 이르면 결국 엄마로서 한계를 직면하고 한 사람으로서 넓어진 아량에 이르게 된다. 기록으로 치유의 길에 들어서는 것이다. 집으로 돌아올 때는 나도 모르게 좀 더 좋은 사람이 된 것처럼 가볍게 언덕을 올라갔다.

삼 남매를 키우다 보니 절반 이상이 아이들 이야기다. 낮잠을 자는 아이들 곁에서나 된장찌개가 끓는 부엌 싱크대, 혹은 아이들이 다 잠든 늦은 밤, 식탁에서나 일찍 일어난 새벽 거실 책상에서도 썼다. 그 기록의 세계에서 나는 아이들의 마음을 한 번 더 더듬었고 나의 허위와 본질을 만날 수 있었다.

그것은 또한 현실을 견디는 방식이기도 했다. 일상에서 소외된 내가 나 자신과 현재의 삶을 껴안는 생각의 방이기도 했다. 내 공간이나 시간이라곤 찾을 수 없었던 길고 긴 육아의 세월 속에서 펜과 작은 노트 하나면 가능했던 기록의 세계는 희망이었다. 처음엔 육아의 고단함을 토로하던 기록이 시간이 갈수록 아이들의 세계를 바라보는 관찰자로, 그다음은 그 세계를 연구하고 즐기는 어른으로 변해 갔다. 작은 종이 한 장과 펜만 있으면 입장할 수 있는 세계, 기록의 세계에서 나는 자유로웠다. 그 세계에서 나는 엄마도 아내도 딸도 아닌 '나'일 수 있었다.

기록의 빛깔도 다양해졌다. 내게 대나무 숲이 돼 줬는가 하면, 세상이라는 바다에 띄우는 소망의 유리병이 돼 줬고, 과거나 미래로 시간 여행을 하게 해 주기도 했다. 기록하지 않는 하루는 허전하고 시렸다. 점점 기록의 맛을 누리게 되었다.

동심의 숲에 초대되는 마법도 경험했다. 조용히 글자로 적어 내려간 하루하루의 이야기들은 인내와 한계를 털어놓는 고백서였으며, '어른'이라는 이름에 갇혀 보지 못한 아이들의 기지가 펼쳐지는 동화책이기도 했다.

처음엔 아이들의 이야기라고만 여겼다. 그런데 쓰다 보니 내 이야기가 되었고, 우리 삶의 기록으로 확장되었다. 어른의 세계가 얼마나 허위와 착각으로 굳어 있는지 반성하게 하는 드라마였는가 하면, '어른'이나 '엄마'라는 역할의 허물을 벗고 한 사람이라는 맨몸과 마음으로 마주하는 아프고도 아름다운 세밀화이기도 했다. 나도 한때 아이였으며, 나 역시 아이에서 어른에 이르렀음을 환기하게 하는 발견이었다. 살아도 살아 있지 않은 것 같은 날이 많았던 지친 나로 하여금 그럼에도 삶은 아름다우며 모든 생명은 성장하기 위해 존재한다는 진리를 목도하게 했다.

　기록의 발견은 여기서 그치지 않았다. 아이들이 보내는 또 다른 신호도 감지하게 됐다. 아이들은 말과 행동뿐 아니라 본능과 직관이라는 내밀한 언어로도 자신을 표현했다. 아이들의 눈빛, 혼잣말 혹은 돌아선 작은 등같이 드러나지 않는 몸짓에도 마음이 숨어 있었다. 어떤 말을 하고 있었다. 오랜 기록이 아니었다면 발견하지 못했을 은밀한 언어들이었다. 어른의 생각에서 비켜서 귀를 기울이면 아이들은 내재된 숨은 언어를 속삭였다. 아이들의 소리 없는 본질적 언어는 잡힐 듯 잡히지 않았다. 고치고 또 고쳤다. 아이들이 전한 신호를 좇아 쓰고 지우고 다시 썼다. 어른 솜씨로 아이들의 세계를 더듬는 일은 버거웠지만 계속 써 보는 것밖엔 방법이 없었다. 어른의 무지와 삼 남매의 동심 사이 생생한 고백이자 동심이 이끈 정직과 포용을 끝내 잃지 않는 어른으로 살고자 하는 애잔한 노력이기도 하다.

　내가 아이들을 키운다고만 생각했던 오해를 벗어나

자, 하루하루 아이들과 더 많이 마음을 나누게 되었다. 나를 위해 시작한 기록이 시간이 지나 추억이 됐고, 하나의 이야기가 되었다. 내가 좀 더 나은 사람이 됐다면 그건 순전히 삼 남매 덕분이다. 내가 그들을 키웠다고 생각했는데, 그들이 나를 키웠다는 진실 역시 기록을 통해 깨달았다.

　기록 예찬이 길어졌다. 기록은 내게 주어진 현실을 기꺼이 감사하는 하루하루를 위한 기도였다. 그 자체가 치유이고 명상이었다.

위로하는 독서

생애 처음 통영에 갔던 날, 막내딸과 박경리문학관을 찾아갔다. 딸에게 가장 좋아하는 작가라는 말로 박경리 작가를 소개했다. 큰오빠가 겨우 걷기 시작하고 작은오빠를 업어 키울 때 작가의 대하소설 21권을 다 읽었노라고 했다. 육아의 터널 속 어둠에서 헤맬 때 누구도 알아주지도, 나눌 수도 없었던 외로움 속에서 한 줄기 빛이었던 소설이고 작가였노라고. 굳이 딸에게 들으라고 한 말은 아니었다. 스스로 그 시절을 추억하는 독백이었다.

젖먹이 작은아들을 업어 키울 무렵, 싱크대 위에는 〈토지〉가 펼쳐져 있었고 숟가락이나 젓가락을 책갈피삼았다. 옆에서는 된장찌개가 끓고 있었지만 내 마음은 등에 업힌 아이나 이곳이 아니라 경남 하동의 최 참판 댁을 더듬는 중이었다. 일상이 아니라 소설 속 세계에서 살았던 것이다. 소설을 통해 현실과 허구라는 두 세계를 넘나드는 재미에 푹 빠져 있었다. 21권의 대하소설을 집필하는 일이 기나긴 여정의 육아와 비슷하다는 생각도 했다. 이 세상에 길고 긴 대하소설을 써낸 여류 작가가 있다면 연년생 두 아들을 잘 키워 내는 엄마도 있을 수 있다고 용기를 얻었다. 그뿐인가. 서사에 몰입하면 일상에 관대해지는 뜻밖의 효과를 얻었다. 공월선의 애틋한 사랑, 그걸 이용의 아내 강청 댁에게 들킬까 조마조마해 아이들의 난장판은 눈감을 수 있었다. 〈토지〉속 서사에 빠져 사느라 육아의 고단함에 함몰되지 않았다. 한 권을 다 읽으면 그다음 권을 사는 식으로 아껴서 구입했다. 서사를 기다리는 즐거움을 오래 누리고 싶어서였다.

박경리문학관 1층 주차장에서는 남편이 우리가 돌아오길 기다리고 있었다. 늦봄은 여름을 예고하듯 무더웠다. 보는 것만으로도 목이 타는 햇볕 아래 바짝 마른 산자락 길로 딸이 걷고 있었다. 딸 너머 보이는 이정표는 '박경리 묘소'를 가리키고 있었다. 문학관은 둘러보더라도 묘소까지 가는 일은 예상에 없었다. 어딜 가느냐 물었더니 막내는 대답 없이 손을 들어 묘소 쪽을 가리켰다. 동네 산책도 귀찮아하는 막내딸이 묘소까지 갈 생각은 왜 했을까 의아했다. 작가를 흠모하긴 하나 묘소까지 찾아 올라갈 행동파는 아니었다. 혼자 가게 내버려둘까 하다가 그럴 순 없어 게으르게 뒤따라 걸었다. 이쯤 걸었으면 묘소가 나타날까 둘러보았지만 길만 눈앞 산등성이를 향해 이어졌다. 서울에서 다섯 시간을 달려 와 맨 먼저 도착한 곳이니 허기도 지고 피곤도 했다. 걸음은 무거워지고 갈증은 더해 갔다. 무더위가 기승을 부리는 오후에 굳이 묘소까지 갈 필요가 하등 없었다. 음료수 자판기 하나 보이지 않았다. 가도 가도 길이 이어졌다. 이내 싫증이 나 돌아갈까 싶었다. 막내딸은 산등성이로 난 오르막길을 뒤도 돌아보지 않고 토끼처럼 명랑하게 뜀뛰듯 올라갔다. 지금이라도 돌아서 내려가자고, 힘들지 않느냐고 두어 번 염치없이 큰 소리로 외쳤으나 딸은 묵묵히 앞만 보고 묘소로 향했다. 결국 우리는 묘소 앞에 도착해 이마의 땀을 훔쳤다.

산 아래쪽 저 멀리에 통영 바다가 내려다보였다. 작가의 영혼이라도 그 바다를 굽어보라고 잡은 자리였을까. 뒤로는 산이 둘러쳐져 있었다. 높지도 낮지도 않은 아늑하고 너른 산이었다. 묵념만 할까 하다가 나도 모르게 한다는 인사가 절이 되었다. 흙바닥에 무릎을 꿇고 엎드렸다. 콧속으로 잔디와 흙바닥의 열기가 달려들었고 그 순간 울컥했다. 이유는 알 수 없었다. 소원인지 독백인지 모를 기도가 이어 튀어나왔다. 작가로서 견딜 수 있도록, 계속 희망하며 써 나갈 기운을 달라고 빌었다. 당신이 굽어볼 수 있는, 그럴 자격이 있는 작가가 되게 해 달라고도 했다.

막내딸은 말없이 통영 바다를 내려다보았다. 딸은 대작가의 묘소 앞에서 긴히 해야 할 기도가 있음을 직감하고 나를 이끈 것일까. 바다를 바라보는 딸의 뒷모습을 나 역시 바라보았다.

박경리 작가는 2008년 5월에 세상을 떠났다. 막내딸이 태어난 해이자 달이다. 26년의 세월, 전 생애를 쏟아부어 지은 〈토지〉는 1969년 1권을 시작으로 1994년에 21권을 완간한 대하소설이다. 작가는 남편 옥바라지로 고된 삶을 사는 딸을 위해 외손주를 업고도, 수십 개의 방석이 허는 동안, 유방암 수술을 하고 붕대를 가슴에 감고도 썼다. 작가로서뿐 아니라 삶 자체가 거센 강물처럼 굴곡졌다. 삶의 척박한 풍토 위에서 어리광 부리지 않고 대하소설을 꽃피웠다. 아이들 키우는 일이 버거운들 부침 많은 작가의 삶에 비하랴. 그렇게 나는 나 혼자 박경리 작가를 육아의 버팀목 삼았다. 글이 막히면

허리를 다쳐 밭고랑에 퍼질러 앉아 밭일을 하던 작가, 그 손에 묻은 흙을 툭툭 털어 버리고 밭매던 손으로 원고지에 글을 쓰던 작가. 그의 글 속 생명과 생동감은 그렇게 절실한 글쓰기 덕에 절박한 삶의 자세가 함축됐기 때문이리라. 작품과 일상 모두 존경스러운 작가를 생각하며 내 일상의 무게를 위로받을 수 있었다.

돌아보면 막내딸까지 아이 셋을 낳아 키우면서 엄마의 자리를 지킬 수 있었던 데는 박경리 작가의 영향이 컸다. 여자로 사는 삶의 내공이랄까, 근기를 알려 준 존재였다. 혼자 추억 여행이나 해 보자 들른 길이 막내딸에게 엄마로서의 고충과 구원을 들려주는 시간 여행이자 고백의 기회가 될 줄은 몰랐다. 끝내 딸이 이끈 작가의 묘소 앞에서 절을 하며 나도 모르게 올린 기도의 순간 역시 우연은 아니리라. 파란 통영 앞바다를 내려다보며 딸과 함께 돌아오는 길은 현실이 아니라 꿈만 같았다.

삼 남매의 에펠탑

고심 끝에 내린 결론은 프랑스어였다. 동네 북 카페에서는 프랑스어 왕초보 수강생을 모집했다. 일주일에 하루, 두 시간 수업에 커피 제공. 집 가까운 카페에서 외국어를 배우며 커피까지 마실 수 있는 기회였다. 프랑스어였기 때문은 아니었다. 히브리어를 가르친다고 해도 상관없었다.

"코끼리가 영어로 뭐지?"

그날, 초등학교 3학년 막내딸은 그걸 정말 몰라서 묻느냐는 듯 큰아들을 잠깐 쳐다보다가 "엘러펀트잖아!"라고 소리쳤다. 속이 터질 만큼 한심한 일이라는 심정이 끝내 묻어난 목소리는 감정적이고 컸다. 큰아들은 "아아" 하고는 고개만 두어 번 끄덕이더니 방으로 들어가 버렸다. 짧은 순간 만천하에, 아니 여동생에게 들통난 영어 수준 따위는 아랑곳하지 않았다. 큰오빠로서의 너덜해진 자존감 따위에 연연하지도 않았다.

큰아들은 마음씨가 컸다. 동생들 잘 챙기고 집안일 잘하고 엄마, 아버지 안색까지 살폈다. 명절에는 시키지 않아도 할머니나 친척들에게 안부 전화 돌리고 그림도 깊이 있게 잘 그리는 청소년이었다. 사교성마저 남달라서 친구는 물론 대학생 형들과도 잘 어울렸다. 사람 사는 데 그만하면 됐다 싶어 수학은 물론 영어 성적이 20점대를 맴돌아도 다그치지 않았다. 자기 인생은 자기가 사는 것이므로. 인생은 마음의 근기로 사는 것이지 성적으로 살아 내는 게 아님을 경험했기에. 그러나 열여덟 살이나 돼서 '코끼리'에 해당하는 영어 단어조차 선뜻 떠올리지 못하는 현실을 직면한 그날, 큰아들에 대한 한탄으로 잠을 이루지 못했다. 초등학교 때 한글 모르는 것보다 더 큰 충격이었다.

　머리 굵은 아이가 잔소리 한마디에 달라질 리 없단 건 진즉에 터득한 이치다. 앓느니 죽는다고 아들에게 영어 공부 좀 하라고 다그칠 바엔 엄마가 직접 보여 주겠다는 비장한 각오는 동네 카페의 프랑스어 왕초보 모집으로 향했고, 이것이 마흔여섯에 프랑스어 공부를 시작하게 된 사연이었다. 여봐라 엄마도 공부하노라, 생색내고 자극을 주고자 하는 비장한 전략이었다. 당장은 결코 아니었다. 엄마의 늦은 외국어 공부에 큰아들이 새삼 영어 공부를 할 리는 없지만 그 전략이 5년 후, 아니 10년 후에라도 어떤 자극이 되지 않을까 하는 기대였다.

☆

그런데 큰아들 때문에 시작한 프랑스어 공부가 적성에 맞고 즐겁기까지 할 줄은 누가 알았으랴. 좋아하는 작가 빅토르 위고나 알베르 카뮈의 나라가, 와인과 치즈, 크루아상의 나라가 프랑스라는 뻔한 상식도 인연의 끈처럼 의미심장해졌다. 평생을 써 온 한글이나 영어에서는 사용하지 않던 구강 구조를 자극해 새로운 발음을 구사한다는 점도 도전 의식을 자극했다. 발음과 소리 속에서 펼쳐지는 모험이 흥미로웠다.

'R', 'Z', 'U'같이 사람들이 어려워한다는 발음을 수월하게 흉내 냈다. 뜻하지 않은 심리적 해방감이 외국어를 배우며 느껴지다니, 감탄의 나날이었다. 육체적 혹은 물질적 충족 없이도 언어를 배우는 것만으로도 희열을 느끼는 경험은 새로웠다. 발음의 희열은 큰아들의 영어 실력은 물론 일상사의 구질구질함도 지나쳐 오로지 그것에만 집중하게 하는 일상 명상의 경지였다. 프랑스어에 재능이 있다는 건 나 자신에 대한 새로운 발견이었다. 내 저음 발성이 프랑스인이 선호하는 톤이라니 삼박자가 맞는다는 표현은 이럴 때 쓰는 말이렸다.

16년 전 학생증을 발견한 것도 놀라운 일이었다. 큰

아들이 막 태어났을 때 육아에 나를 함몰시키지 않겠노라며 방송통신대학교에 편입했다. 그때 선택한 전공이 불어불문이었단 사실도 잊고 살았던 것이다. 하얀색 스웨터를 입고 긴 머리를 한 갓 서른 살의 내가 사진 안에서 이쪽을 바라보고 있었다. 젊고 팽팽하게 빛나는 두 눈빛이 낯설었다. 책장을 살피니 〈프랑스어 초보〉라는 교재도 꽂혀 있었다. 당시 남편이 퇴근길에 서점에서 사다 준 책이었다. 세 아이 낳고 키우는 동안 내 젊은 날도 고군분투의 역사도 기억 속에 묻혀 있었던 것이다.

프랑스어와의 인연이 더욱 각별해졌고, 공부는 즐거웠으니 실력도 일취월장했다. 사십대 중반에 그 어렵다는 프랑스어를 배워서 뭐 하려고 그러느냐는 지인들의 말처럼 학위를 딸 것도, 돈을 벌 것도, 번역가가 될 것도 아니었다. 도전하는 것, 새로운 언어를 배우는 것 자체가 즐거움이라는 설명에 보태 나는 결국 큰아들이 계기였노라 고백했다. 지인들은 나의 동기와 도전에 박수를 보내면서도 내심 든든한 덩치를 자랑하는 큰아들의 허약한 영어 실력에 혀를 내둘렀다. 나는 애써 외국어가 주는 정서적 희열의 경지는 큰아들 덕분이라는 말로 방

점을 찍곤 했다. 영어 지지리 못하는 큰아들 덕분에 엄마의 프랑스어 공부는 더욱 불타노라고 굳이 덧붙인 건 대화라기보다는 자위의 독백이었다.

우리 집 부엌 왼쪽 벽면에는 에펠탑 스케치 세 점이 걸려 있다. 삼 남매가 마흔여섯 생일에 그려 준 선물이다. 큰아들의 에펠탑은 구도나 표현이 정교하고 작은아들 것은 세밀하지만 리듬감 있고 로맨틱하다. 막내딸 것은 제멋대로고 거침없이 휘어 있다. 프랑스어 공부 열심히 해서 프랑스 여행을 다녀오라는 응원도 담았다. 에펠탑 그림 세 점에 시선이 머물 때마다 꿈을 꾼다. 프랑스에 가서 프랑스어로 밥도 시켜 먹고 시장에서 과일도 사먹고 빈티지 아이템도 사고 산책도 실컷 하는 것이다. 내친김에 프랑스에 가서 어학 연수를 하며 현지에 살아 보기를 목표로 삼았다. 친구가 파리 근교에서 남편과 식당을 하고 있으니 비빌 언덕이 없는 것도 아니다. 한번 가면 중독되고 만다는 스페인이나 유럽 여행도 프랑스에 간 김에 도전해 볼 수 있다.

삼 남매의 각기 다른 에펠탑 그림은 내 꿈을 자라게 하는 부적과도 같다. 꿈이 기대로, 기대가 점점 곧 이뤄

질 미래의 현실처럼 여겨진다. 오십대가 된 나는 어학원에서 젊은이들 속에 끼여 프랑스어를 배우고 나서 산책을 하다가 어느 카페에서 라테를 마시고 있겠지. 센강에 저녁노을이 한창이면 숙소에서 걸어 나가 싸구려 와인을 한 병 사고 좋아하는 치즈도 사서 강둑에 앉아 조금은 취해도 좋겠다. 그렇지만 시시껄렁한 프랑스 남자들에겐 눈길도 주지 말아야지. 이쯤 돼서 혼자 킬킬거리다 현실로 돌아오곤 한다. 며칠 후면 카뮈 강독 시험이니 센강에서 와인 마실 생각하지 말고 시험공부나 해야지 하고.

　　이제 더 이상 큰아들의 기막힌 영어 성적은 내 고민거리가 아니다. 근사한 에펠탑 그림 한 장 남겼으니 그것으로 감사한 일이다. 큰아들은 자신의 길을 가겠지. 나는 나의 길을 가면 된다. 인생에는 불행이 오고 행운이 따로 오는 게 아닐 것이다. 사실 둘은 따로가 아닐진대 굳이 그렇게 부른다면 불행을 행복으로 승화하는 게 사는 맛 아니겠는가. 큰아들의 불행스러운 영어 성적은 나의 행복한 프랑스어 공부로, 꿈을 찾은 중년으로 승화되었다. 오늘도 된장찌개를 끓이며 에펠탑 그림 아래 직접 써 둔 프랑스어 문구를 소리 내 읽는다.

"Je suis de la chance(쥬 쒸이 드 라 샹쓰)!"

'나는 운이 좋아'라고.

스무 살 초보 어른에게

'세상은 넓고 인생은 아름다우며 순간은 소중하니 너의 하루는 복될 거야. 이제는 매일매일 한 걸음 한 걸음, 너의 행보가 고스란히 너의 인생이 되는 거지. 얼마나 벅차고 설레는 일이니. 성인이 된 걸 축하해. 앞으로 펼쳐질 인생을 마음껏 누리렴!'

스무 살이 되는 큰아들에게 주려고 사진첩을 만들면서 쓴 편지였다. 주민등록증까지 발급받았다기에, 이제 진정으로 자신의 인생을 세상에 펼쳐 갈 일을 축하하는 마음이었다. 한 명의 대등한 사람으로서 던지는 초보 어른을 향한 환영 인사였다. 사진첩은 큰아들의 독사진으로 채웠다.

까만색 도화지 앨범 첫 장엔 큰아들이 태어난 지 일주일 된 날 찍은 생애 첫 사진이 붙었다. 돌아가신 할머니의 품에 안겨 한강 유람선에서 찍은 두 살 때 모습, 똥기저귀를 차고 도망치던 모습, 건담을 조립하느라 집중하는 모습, 동생과 고양이를 안은 모습, 막냇동생 유모차 끌어 주는 모습에 중학교, 고등학교, 최근 찍은 수험생 증명사진까지. 너는 이런 모습으로 자라 왔고, 앞으로 사진첩에 들어갈 모습은 너 하기 달렸다는 의미를 담았다. 태어나서 열아홉이 될 때까지 찍은 사진을 스크랩하니 제법 두툼한 연대기가 되었다. 괴나리봇짐 지고 한양 떠나는 아들에게 쥐여 주는 어머니의 주먹밥 같은 식이었다.

새 천 년이 열리던 2001년 봄, 4월 첫날에 큰아들은 눈을 동그랗게 뜨고 태어났다. 팻 매스니의 음악이 흐르는 가운데 새카만 머리카락이 수북한 머리를 하고 수중 분만으로 태어났다. 수중 분만이어서인가 출산 직후 울음도 터뜨리지 않았다. 태어나서도 칭얼거리는 일이 거의 없었다. 친척들은 저런 아이는 열이라도 키우겠다 할 정도로 손이 많이 가지 않았다. 연년생 동생이 태어났을 때도 도드라질 만한 질투 같은 건 없었다. 서너 번인가, 설거지하는 내 뒤에서 두 다리를 그러안고 얼굴을 부비며 "엄마, 난 엄마를 사랑해"라고 한마디 하고는 돌아서는 아이였다. 세상 다 산 늙은이 같다고들 했지만, 호기심이 많았고 말보다 행동이 먼저였다. 궁금하면 기어이 그걸 해 보고야 말았다. 막냇동생이 태어나는 바람에 초등학교 1학년 내내 혼자 부암동 언덕을 오르내리며 등하교하면서 한 번도 투정 부리지 않았다.

큰아들의 사진첩을 마무리하고 있는데 막내딸이 들어와서 보고는 자신도 뭔가를 보태고 싶다고 했다. 빈 페이지를 펼쳐 주었더니 그 자리에서 한 페이지에는 편지를 쓰고 한 페이지에는 큰아들의 얼굴을 스케치해 완성했다. 사진 스크랩에 엄마와 막내 여동생의 편지, 그림까지 수록된 선물이 마침내 완성되었다.

사진첩을 건네자 큰아들은 말없이 후루룩 넘겨 봤다. 막내의 그림에선 잠시 멈춰 "그 녀석 참 잘 그렸네" 하며 아버지같이 굴더니 책상 한쪽에 밀어 두며 말했다.

"만약에 집에 불이라도 나면 이것만은 챙겨 나와야 할 정도네."

큰아들로서는 참 좋다, 잘 간직하겠다는 감사의 말일 텐데 기분이 좋기도 하고 극단적인 비유에 뜨악하기도 했다. 각별한 의미를 담아 구상부터 사진 정리에 현상에 스크랩까지 한 달 넘는 기간 정성을 들인 데 비해 훑어보는 데는 5분도 걸리지 않았다. 서운함은 미래를 기약하는 것으로 위안 삼았다. 지금이 아니더라도 먼 훗날 문득 사진첩을 보며 눈가를 적실 날이 도래할 수도 있지 않겠는가 하고.

며칠 뒤부터 스크랩북은 큰아들의 책상 여기저기를 돌아다니고 심지어 먼지까지 쌓였다. 내 손을 떠난 선물이지만 조금은 서운했다. 먼지나 좀 털든지, 아니면 책꽂이 좋은 자리에 꽂든지 하지. 큰아들 안 보는 사이 쓸쓸하게 몇 번 먼지를 털다가 그마저도 그만두었다. 이미 건넨 선물에 전전긍긍하는 건 선물을 하사한 자로서의 품위가 아니지 않은가. 삼 남매 키우며 서운하고 가슴 시렸던 게 어디 이번뿐이랴. 주고 싶은 마음을 건넬 뿐이다. 그렇게 내가 '엄마인 나'를 위로한다.

새로운 희망 앞에서

30대 후반, 방송 작가가 되었다. 독박 육아 10여 년 만의 일이었다. 기혼에 잡지 경력이 전부였음에도 방송국에 취직한 건 운이 좋아서였다. 대한민국에서 경력단절 여성이 전문직에 취직하기가 어디 쉬운 일인가. 두 아들이 어린이집을 중퇴한 뒤 집에서 키우면서 잡지사 프리랜서로 현장 취재와 인터뷰, 원고 작업까지 진행하긴 했지만 본격적으로 출퇴근하며 매일 글을 쓰는 건 처음이었다.

지면 원고와 달리 방송은 순발력이 중요했다. 사실 확인은 물론 아이템을 빨리 찾고 빨리 써내고 심지어 출연 가능한 오디오에 능한 패널을 신속하게 발굴하는 게 중요했다. 며칠을 심사숙고해서 원고를 쓰며 단어 하나, 문장 하나에 정성을 기울이는 문학적 감성은 지양해야 했다. 찬찬히 살다가 갑자기 '빨리빨리'에 길들어야 했다. 속도에 떠밀리고 시간에 쫓겨 아나운서에게 넘긴 원고에서 오타가 발견되거나 상투적인 표현을 그대로 썼거나 심지어 실수를 하는 날은 며칠 내내 회의감에 시달렸다.

이 일을 계속해야 할까 고뇌를 떨치지 못하고 하루

하루 생방송을 해 나갔다. 그러느라 퇴근 시간도 늦었고, 집에서도 원고를 썼다. 매일 조금씩 나아지면 된다는, 오늘은 어제보다 좀 더 나은 글을 쓰면 된다는 열망이 전부였다.

시간이 약이라던가. 그렇게 7년을 방송 작가로 지냈다. 사십대 중반, 진로에 대한 고민이 고개를 들기 시작한 건 그즈음이었다.

'계속 방송 작가로 살 수 있겠어?'라고 나 자신에게 수없이 자문했다. 방송 원고를 흔히 '말하는 글'이라 표현한다. 지면 위 읽는 글이 아니라 말하는 누군가를 위해 쓰는 글이다. 쉽고 명확하고 빨리 전달하는 게 기본이고 감동까지 더해지면 잘 쓴 말 글이 된다. 굳이 방송 원고가 아니더라도 하얀 종이 위에 끊임없이 쓰고 고치고 또 쓰는 작가라는 직업을 앞으로도 계속해야 한다 생각하니 아득했다. 종이 위에 쓰인 단어와 문장과 평생 씨름할 수 있을까? 한번 생기기 시작한 물음표는 점점 커졌다.

그동안도 나는 직장과 가정에서 늘 종종거렸다. 방송국에서는 내 정체성에 대해 자문했고, 집에서는 일에 대해 전전긍긍했다. 자료와 원고 뭉치를 집에 들고 와 작업하다 막내가 "엄마" 하고 부르면 그 한마디가 방해된다며 "문 닫아!"라고 소리치던 날들, 밥 한 끼 챙기는 것보다 원고에 더 신경 썼던 날들, 돌아보면 저희끼리 저녁을 챙겨 먹은 아이들은 어느새 잠들어 있었다.

지친 몸과 시린 마음, 그리고 문장이라는 세계 속에서 아득했던 그 모든 마음의 짐을 어디 한군데 풀 데가 없었다. 이제는 그런 날에 종지부를 찍고 싶었다. 좀 더 몸을 쓰고 평범하게 살아가는 길을 찾고 싶었다.

곁눈질이 이어졌다. 더 늦기 전에 진짜 적성에 맞는 일을 찾아야 하지 않을까 하는 의문에 방황과 조바심이 겹쳤다. 플레이팅을 즐기고 요리에 자신 있으니 작은 식당을 낼까, 요즘은 소신 있고 철학 있는 작은 식당이 유행이라는데, 그것도 아니면 카페라도 할까, 여성 고객을 위한 샐러드 바는 어떨까, 반찬을 만들어 인터넷으로 파는 건 어떨까.

일파만파 잔가지를 뻗던 고민은 종내는 나에 대한 탐색으로 전환되었다. 새로운 길을 새삼 찾느라 방황하느니 걸어온 자취에서 단서를 찾아보자는 심사였다. 그동안 써 온 글을 뒤졌다. 소설로 쓰면 좋겠다 싶어 대충 로그라인만 써 놓은 사랑 이야기, 동화가 좋겠다 싶어 대충 적어 둔 홀로 남은 공주의 정원 이야기에 드라마를 염두에 둔 몇 개의 아이디어도 스크랩돼 있었다. 방송 작가를 그만둔 어느 날, 그야말로 전업 작가가 되는 날을 위해 끄적여 둔 것들이었다.

그날도 일기를 쓰고 있었고 그러다가 희망이 바로 내 앞에 있음을 발견했다. 가장 오랫동안, 가장 많은 양의 원고를 쓴 건 아이들 이야기였다. 200여 권 가까운 손바닥만 한 일기장에 모든 게 들어 있었다. 새로운 적성을 찾는 일도 좋지만 하던 일을 더 열심히 해 보는 것도 가 볼 만한 새로운 길임을 알게 되었다.

우선은 그 글을 다듬기 시작했다. 수정과 보충을 거쳐 작은 가제본이 되었고 또다시 수정하고 보완해 더 두꺼운 2차 가제본을 만드는 데 5년이 걸렸다. 아직 학생이었던 큰아들이 스무 살이 될 때까지 이어진 기록의 대장정이다.

이 긴 여정을 이어 올 수 있었던 힘은 바로 동심이다. 아이들 안에 숨겨진 편견 없는 성장과 개성의 발현이었다. 아이들의 세상에 매혹돼 오래 기록했고 오래 감동했고 행복했다.

새로운 발견 덕분에 새로운 길이 열렸고 거기에 집중하면서 평화를 찾았다. 기록을 다시 읽어 보고 매만지면서 나의 방황도 종지부를 찍었다. 그것은 희망이었다. 눈부시고 천진한 순간을 매일 만나면서 나는 다시 주어진 일상을 감사하게 이어 갈 수 있었다. 나의 욕망과 처지 앞에서 비로소 솔직해질 수 있었다.

나는 다시 작가로 돌아왔다. 엄마나 아내가 아닌 '나'로 다시 태어났다. 사십대 후반, '작가'라는 하나의 큰 이름으로 세상에 첫발을 디딜 수 있도록 해 줬다. 아이들의 세상을 만나 내 삶은 성장했고 더불어 새로운 삶도 시작된 것이다. 세월이 흘러 한 권의 책으로 세상에 탄생했으니 삼 남매와 나와 더불어 동심의 기록까지 성장한 것이다.

그래, 우리 모두 성장했다. 긴 시간 속에서 변치 않는 존재감을 지닌 아이들의 마음을 다시 한번 마주한다. 한때는 삼 남매를 키우는 엄마의 해방구였던 기록이 봉인의 시간을 거쳐 마침내 구원에 이르렀다. 내 이야

기나 혼자만의 내공으로는 한 권의 책이 돼 세상의 빛을
보는 행운을 만나지는 못했을 일이다.

우린 모두 아이

아이들의 마음을 글로 적는 일은 쉽지 않았다. 내가 목격한 일이고 내 자식들 이야기인데도 문장으로 옮기는 일은 끝없는 행군이었다. 어른살이에 익숙하니 어떻게 아이의 마음을 쉽게 써 내려갈 수 있을까. 더러 기록을 그만두기도 했다. 그러다 돌아선 마음만큼 동심의 생명력이 나를 다시 깨웠다. 노트 앞에 펜을 들게 만들었다. 잘 쓰려고 다듬기보다 어른의 시선을 걷어 내는데 더 많은 공을 들였다. 치장과 과장을 걷어 내고 담백하게 쓰려고 애썼다. 마음을 열고 살아온 만큼의 온도와 감도가 전해지리라 믿었다. 고치고 또 고쳤다. 아이들을 키우고 기록하며 함께한 20년의 세월이 흘렀다.

스무 살이 된 큰아들은 하루 종일 집을 비우거나 잠을 자느라 눈 맞댈 일이 드물다. 사촌 누나가 만화 캐릭터를 흉내 내며 "블루 사파이어를 내놔라!"라고 대사를 읊으면 "고맙지만 괜찮다!"라는 엉뚱한 대답으로 포복절도하게 만들고, 한글 모르고도 학교를 즐거워하고, 학교 급식 표를 보고 기대에 부풀어 등교하던 아이, 꾸중을 해도 슬그머니 웃어 버리던 큰아들도 어른이 되었다. 대학 생활을 앞두고 밤낮으로 호텔이나 편의점에서 아르바이트를 하니 주로 집에선 잠자는 모습만 본다. 어쩌다 일하러 가기 전 식탁에서 잠깐 얼굴을 마주칠 뿐이다. 주민등록증도 발급받았다. 군대 오라는 영장도 책상 위에 놓여 있다. 열 명 넘는 친구를 집에 불러 모아 졸업 파티 겸 술 파티도 세 차례나 하신 몸이다. 화려하기 그지없는 엉뚱함의 역사를 뒤로하고 초보 어른으로서 할 걸 다 하는 몸이시다.

　작은아들은 고등학교 3학년이다. 공부하느라 바쁜 게 아니라 연상의 대학생 누나를 만나느라 집을 자주 비운다. 초콜릿도 받고 책 선물도 받아 오며 자기만의 세상을 사느라 바쁘다. 학업을 등지고 연애를 하는 열아홉 청춘을 어찌할꼬 싶다가도 지켜보는 수밖에. 형이 갑자기 인형극 하라면 인형 들고 얼떨결에 인형극을 하고, 공부 못하는 형 때문에 일찌감치 공부에 돌입했던 연년생 작은아들, 형은 그렇다 치고 막냇동생까지 알파벳을 못 쓰자 자기 방에 가둬 놓고 개고생시키던 작은아들에게 여자 친구가 생기다니. 일찍이 취미 삼아 꾸준히 그리던 그림 실력이 일취월장해 이제는 로고나 섬네일, 앨범 재킷을 디자인하고 돈도 벌고 재능도 키워 가고 있다. 그렇게 번 돈으로 반찬도 사고 배달 음식도 주문해 동생 호강도 시켜 준다.

초등학교 6학년이 된 막내딸은 혼자 있길 좋아한다. 태풍에 고만 좀 하라고 맞장을 뜨고 공주병이 무서운 전염병인 줄 알고 울먹였는가 하면, 그깟 유치한 목걸이 하나 안 사 준다고 "엄만 해고야!" 외치던 어린 막내딸은 열셋 여드름 난 소녀가 됐다. 부쩍 외모에 신경 쓰며 키 크려고 줄넘기하고 예뻐지겠다고 팩을 잊지 않는다. 알파벳 모르던 아이가 이제는 영어 공부며 인체를 그리는 데 빠져 있으며 최대한 빨리 유학을 가는 게 꿈이다. 거기에 자기 방 옷장이며 침대며 책장, 책상의 위치를 수시로 바꾸는데, 도와 달란 말도 없이 혼자 그걸 언제 다 옮기는지 괴력에 놀라울 따름이다.

삼 남매는 동심을 씨앗 삼아 한 그루 나무로 자라나고 있는 중이다. 나도 성장했다. 큰아들의 엉뚱하고 남다른 배포를 보면서 인내와 긍정의 폭이 넓어졌고, 작은아들이 대여섯 살에 하루에도 수없이 안약을 넣어야 하는 사시 증상을 무던히 견디는 걸 보고 의연한 엄마가 되었다. 그렇게 자란 작은아들이 스스로 매일 책상 앞에 앉아 그림을 그리는 성실한 모습을 보면서 책상 앞에 앉아 글 쓰는 일 역시 그렇게 성실하게 불평 없이 하는 거라고 배웠다. 막내딸의 배려와 당돌함을 통해 나의 목소리를 당당하게 내는 것의 통쾌함과 유쾌함을 경험했다. 삼 남매를 통해 배우고 시도하고 내 것으로 만들었다. 사십대 후반에 새로운 나의 길도 발견했다. 삼 남매가 보여 준 세계를 밑천 삼아 아이 같은 어른으로 자라는 중이다. 어른의 옷을 벗으면 우리 모두 아이가 될 수 있다는 것을 배웠으니, 부모라는 인연으로 이번 생에서 받은 선물이 정말 크다.

영혼은 몇 개야? 밤은 어떻게 새벽으로 변해? 달은 왜 밤에만 빛나?

아이들은 물었다. 잘 놀다가도 길을 걷다가도 불현 듯 물었다. 모른다고 고백하기엔 들통날 무지함이 부끄러웠고 지식을 그러모아 설명하기엔 역부족이었다. "글쎄"라는 한마디로 의뭉스럽게 넘기고 넘겼다.

라면 끓이는 법, 자전거 타는 법, 버스 타는 법, 학교에 준비물 챙겨 가는 건 알려 주겠는데 이런 물음의 답은 도통 알지 못했다. 근원적이고 아름다운 질문 앞에서는 할 말을 잃었다. 아이들이 던진 질문은 곧 나의 질문으로 전이되었다. 삼 남매를 품어 키우고 밥 벌어 먹는 일 사이사이 이러한 것들을 생각해 보는 시간은 돈벌이에 지친 가슴을 데우고 견디는 힘이 되었다. 자연의 기운과 때와 존재를 응시하고 상상해 보는 행복은 일상의 낭만으로 치환되었다.

새벽을 응시하고 밤에 달을 쳐다보다가 문득 영혼에 대해 생각하는 날도 있었다. 그러는 동안 새벽의 여명 속에서 하루 치 감사를 배웠고, 달을 보면서 내가 작고 소박한 존재라는 겸허를, 영혼을 생각하며 지금의 인생을 소중히 여기는 존중을 배웠다. 육신은 공간과 시간의 옷일 뿐 영혼만이 실체이므로.

누가 누굴 키웠단 말은 좀 고려해 봐도 좋겠다. 우리는 서로를 보고 자극받고 살아가므로. 우리가 호기심을 잃지 않을 때 세상이 품은 생명력을 만나게 된다는 걸 아이들의 질문 덕분에 깨치게 되었다. 아직도 아이들의 그 질문은 신기루처럼 떠올랐다 사라졌다가 한다. 동심을 겸비한 어른이 되었다고 할까.

아이들의 기록을 모으고 매만지는 일은 동심의 숲속을 노니는 일이었다. 햇볕도 있고 동물도 나타나고 새들도 지저귀고 더러 비도 내리고 폭풍우도 치지만 샘물도 흐르고 아름다운 꽃이 피고 바람이 불고 아름다운 노을도 지더니 캄캄한 밤 한가운데 별빛이 빛나는 생명과 사랑이 가득한 유년의 숲이었다. 가만히 어른의 눈을 감으면 동심의 숲속에 서 있었다.

조선 시대 문장가, 연암 박지원이 지은 책에 이야기 한 토막이 있다. 화담 서경덕 선생이 길에서 울고 있는 사내를 만났다. 다가가 연유를 물으니, 그는 다섯 살에 눈이 멀어 장님으로 스무 해나 보냈다. 아침에 길을 가다가 갑자기 눈이 뜨여 천지 만물이 맑고 밝게 보였다. 장님이 눈을 뜨게 된 것이다. 기뻐 돌아가려니 길은 여러 갈래고 대문도 많아 집을 찾지 못하겠기에 울고 있는 것이라 했다. 사연을 들은 화담 선생이 돌아가는 법을 가르쳐 주겠다며 이른 말이 "도로 눈을 감아라"였다. 장님이었던 사내는 다시 눈을 감았고, 자신의 지팡이를 두드려 걸음을 믿고 집으로 돌아갈 수 있었다는 이야기다.

어른의 눈을 감으면 아이의 마음으로 도로 돌아갈 수 있지 않을까. 어른의 마음을 닫으면 아이의 마음이 열리지 않을까. 생각해 보니 우리는 어른이기도 하고 아이이기도 했다. 아이들의 삶이 그러했고 내 삶이 그렇게 닮아 가고 있다. 내가 앞으로도 좀 더 좋은 사람으로 성장한다면 오로지 내가 경험한 아이들의 세상, 그들의 반짝이는 마음 덕분이다.

우리 모두는 아이였다. 누구나 아이였다. ✺

도서출판 남해의봄날 비전북스 24

우리 인생에 모범답안은 정해져 있지 않습니다. 대다수가 선택하고, 원하는
길이라 해서 그곳이 내 삶의 동일한 목적지는 될 수 없습니다. 진정한 자유를 위해
용기 있는 삶을 선택한 사람들의 가슴 뛰는 이야기에 독자 여러분을 초대합니다.

어쩌면 동심이 당신을 구원할지도

초판 1쇄 펴낸날   2021년 3월 30일

지은이	임정희
편집인	천혜란책임편집, 박소희
마케팅	이다석, 황지영
교정교열	이정현
디자인	류지혜
그림	김서오(표지), 김진
종이와 인쇄	미래상상
펴낸이	정은영편집인
펴낸곳	남해의봄날
	경상남도 통영시 봉수길 12 1층
	전화 055-646-0512
	팩스 055-646-0513
	이메일 books@namhaebomnal.com
	페이스북 /namhaebomnal
	인스타그램 @namhaebomnal
	블로그 blog.naver.com/namhaebomnal

ISBN 979-11-85823-70-6 03810
ⓒ임정희, 2021